AF748174

www.ingramcontent.com/pod-product-compliance
Lightning Source LLC
LaVergne TN
LVHW010823051026
849532LV00007B/2615

9789358720730

افسانچے

برج موہن دتاتریہ کیفی

Afsanche *(Short Stories)*
by: Brijmohan Dattatriya Kaifi
Edition: September '2025
Publisher :
Taemeer Publications LLC (Michigan, USA / Hyderabad, India)

ISBN 978-93-5872-073-0

کتاب	:	**افسانچے**
مصنف	:	**برجموہن دتاتریہ کیفی**
صنف	:	فکشن
ناشر	:	تعمیر پبلی کیشنز (حیدرآباد، انڈیا)
سالِ اشاعت	:	۲۰۲۵ء
صفحات	:	۱۱۲
سرورق ڈیزائن	:	تعمیر ویب ڈیزائن

فہرست

دیباچہ

اردو کے بے مثل ادیب علامہ دتاتریہ کیفی کے افسانے "افسانچے" کے نام سے پیش کیے جا رہے ہیں۔

علامۂ موصوف ادبی دنیا کے بہت ہی مشہور و مقبول مصنف ہیں، اُن کے تفکر کی پختگی و رسیدگی ان کے افسانوں کی جان ہے، وہ جو کچھ مطالعہ یا محسوس کرتے ہیں اسی کو اپنے افسانوں میں دل نشین طرز نگارش سے سموتے ہیں۔

اُن کے ادب میں تفریحی حصہ کم اور تعمیری حصہ زیادہ ہے، مگر پھر بھی ان کی کہانیوں میں ایک انوکھی دلکشی اور بے پایاں جاذبیت ہے، جس سے پڑھنے والا محسوس کیے بغیر یوں ہی سرسری طور پر نہیں گزر سکتا۔

اُن کے افسانوں کے ساز میں رواداری، مشرقی تہذیب کی علم برداری، پریم و محبت کے وہ دلربا نغمے پنہاں ہیں جو انسان کے دل و دماغ کو متاثر کیے بغیر نہیں چھوڑتے۔

وہ اپنے افسانوں میں زندگی کے مختلف پہلوؤں کو بہت ہی خوبصورتی سے پیش کرتے ہیں، اور معنی و الفاظ کی ہم آہنگی، سلاست و روانی، اور الفاظ کی ترتیب و نشست اندازِ بیان کی قوت سے اپنے افسانوں کو ایسا مرصع بنا دیتے ہیں کہ پڑھنے والے کے منہ سے بے اختیار صدائے تحسین نکل جاتی ہیں۔

دہلی اِکسپریس

ا

مس گریو۔ مجھے کلکتہ جانا ہے اور ٹرین میں کہیں جگہ نہیں!

اسٹیشن ماسٹر۔ میں کوئی ترکیب نکالتا ہوں۔ تشریف رکھیے۔

یہ پہلی کرسمس ٹرین ہے (اسٹیشن ماسٹر ایک کلرک سے کہتا ہے) "بابو اس لیڈی کے لیے ایک جگہ کا انتظام کرنا ہے!

بابو۔ فرسٹ اور سکنڈ کلاس کے زنانہ درجے سب بھر چکے ہیں،

اسٹیشن ماسٹر۔ (مس گریو سے) آپ نے سُنا؟

مس۔ تو عام گاڑیوں میں سے کہیں جگہ دی جائے۔

اسٹیشن ماسٹر۔ اوہ! ہاں! بابو! ان کو لیجاؤ اور جہاں جگہ ملے ایک جگہ ان کے لیے نکالو!

بابو (جیب سے ایک پرچہ نکال کر) جناب جگہ کہیں نہیں۔ صرف ایک کوپے میں ایک جگہ خالی ہے۔

اسٹیشن ماسٹر۔ جلدی کرو! وہ بھی کہیں نہ رک جائے۔ جاؤ!

بابو۔ جناب۔ اس میں علی گڑھ کے ایک انڈین جنٹلمین کی جگہ رزرو ہے۔

اسٹیشن ماسٹر۔ اوہ! اس کو لعنت بھیجو۔ علی گڑھ تک برتھ خالی نہیں جا سکتا۔ تم سارے ڈبہ پر "صرف لیڈیوں کے لیے" کارڈ لگا دو اور اس لیڈی کا قبضہ اس پر کرا دو۔

بابو۔ مگر ٹکٹ ہوڑے کا یہاں سے لیا گیا ہے اور اس جنٹلمین کا سامان ڈبہ میں اس وقت موجود ہے اور اس کا ایک دوست بھی بیٹھا ہوا ہے۔

اسٹیشن ماسٹر۔ ہمارا تو حکم تھا کہ دیسیوں

کے لیے کوپے میں جگہ رزرو نہ کی جائے۔

بابو۔ اسٹیشن سپرنڈنٹ کے حکم سے یہ برتھ خصوصیت سے روکا گیا ہے۔ (اسٹیشن ماسٹر ایک ہندوستانی جنٹلمین کو آتا دیکھ کر سامنے کے کاغذ الٹ پلٹ کرنے لگتا ہے)

ہندوستانی۔ میں نے بہت پہلے چار برتھ دہلی ایکسپریس میں ہوڑے کے لیے رزرو کرائے تھے مگر میں دیکھتا ہوں کہ اس کا کوئی انتظام نہیں ہوا۔

اسٹیشن ماسٹر۔ (کاغذوں کو دیکھتے ہوئے) ہم ہر آرڈر کی تعمیل کے پابند نہیں سمجھ لینا چاہیے کہ اس سے پہلے سب جگہ رک چکی ہوگی۔

ہندوستانی۔ اچھا۔ تو میں ایک پوری گاڑی لینے کو تیار ہوں۔

اسٹیشن ماسٹر۔ اس کی ٹرین میں گنجایش نہیں

ہندوستانی۔ ٹرین کے بوجھ کی حد میں جانتا ہوں۔ اس میں ایک فرسٹ کلاس گاڑی کی گنجایش ہے۔ آپ چاہیں تو انتظام کرسکتے ہیں۔

اسٹیشن ماسٹر۔ (ٹیلیفون کی طرف منہ پھیر کر)

میں اخیری لفظ کہہ چکا ہوں۔

ہندوستانی۔ جنٹلمین زور سے پاؤں مارتا ہوا چلا جاتا ہے۔ "ریلوے بجٹ" کا لفظ اس کی زبان سے نکلتا سنائی دیتا ہے۔

اسٹیشن ماسٹر۔ (مس گریو سے) مجھے افسوس ہے کہ میں آپ کو پورا درجہ نہیں دے سکتا۔ یہ آپ کی مرضی ہے کہ ایک کالے آدمی کے ساتھ اتنا لمبا سفر کریں۔ ایسا کرنے میں خطرہ ضرور ہے۔ اس سے آپ کو آگاہ کیے دیتا ہوں۔

مس۔ یہ معلوم کرنا تو شاید ناممکن ہو کہ یہ کون شخص ہے۔

بابو۔ یہ علی گڑھ یونیورسٹی کا ایک پوسٹ گریجویٹ ہے اور امریکن ٹیم کے ساتھ کرکٹ میچ کھیلنے کلکتہ جا رہا ہے۔

اسٹیشن ماسٹر۔ تمھیں خفیہ پولیس میں ہونا چاہیے (مس گریو سے) آپ نے سُن لیا۔ میری مجبوری آپ محسوس کرتی ہونگی۔

مس۔ اوہ۔ شکریہ! مجھے ایک ہندوستانی کے ساتھ سفر کرنے میں کوئی خوف نہیں معلوم ہوتا۔ آپ کا مطلب یہ پایا جاتا ہے کہ اگر کوئی ناگوار صورت پیدا ہو تو

آپ اس کے ذمہ دار ہیں۔ اس ذمہ داری سے میں آپ کو بری کرتی ہوں (اسی دوران میں گارڈ آتا ہے۔)

گارڈ۔ ٹرین لیٹ ہو رہی ہے۔

اسٹیشن ماسٹر۔ ابھی روانہ ہو جائیگی۔ یہ لیڈی ایک ہندوستانی جنٹلمین کے ساتھ ہوڑا کا سفر کر رہی ہے۔ تم ہر اسٹیشن پر ان کی خبر رکھنا اور اگلے گارڈ سے بھی کہہ دینا۔

۲

حبیب۔ سب ٹھیک ہے؟

پریم۔ سب ٹھیک تو ہے لیکن تمھاری ہم سفر ایک لیڈی ہے۔

حبیب۔ ایک لیڈی۔ یہ کیوں؟ وہ زنانہ درجہ میں کیوں نہ گئی؟

پریم۔ اسے کہیں جگہ نہ ملی۔ خبردار رہنا۔ میں نے سنا ہے یورپ میں کوئی مرد ایک لیڈی کے ساتھ اکیلا سفر نہیں کرتا۔

حبیب۔ بڑی دقت کی بات ہے۔ تمھاری اس کی گفتگو ہوئی۔

پریم۔ وہ لہجہ سے امریکن معلوم ہوتی ہے۔
اس کے بکس پر آدھا نام پڑھا گیا۔ ”ایو“ مجھے شبہہ ہوا کہ مبادا یہ مس میو کی چھوٹی بہن ہو۔ ویسے تو خلیق اور معصوم معلوم ہوتی ہے۔ لیکن نہ جانے اس ’ایو‘ سے مجھے یہ ضد کیوں ہوگئی کہ اس سے بات نہ کروں۔ جب وہ بولتی ہی گئی تو میں نے ایک کاغذ پر پنسل سے یہ لکھ کر اس کے آگے کو کر دیا کہ میں بہرا اور گونگا ہوں۔

جبیب۔ (قہقہہ لگاکر) پریم۔ تم بھی عجیب آدمی ہو۔

پریم۔ جبیب! جاتے ہی پہلا کام یہ ہو کہ بہن کی خیریت کا تار دینا۔ نہیں تو میں پرسوں یہاں سے روانہ نہیں ہوں گا۔ سمجھے!

جبیب۔ ہاں سمجھا۔ مسٹر بہرا گونگا۔

۳

مس گریو۔ میں کہتی ہوں یہ آپ کا دوست بھی عجیب آدمی ہے۔ دہلی میں جو میں نے اس سے کچھ پوچھا تو اس نے ایک چٹ میرے آگے کر دی جس پر لکھا تھا

"میں بہرا اور گونگا ہوں۔"

جبیب ۔ (ہنس کر) ہاں اس نے مجھے بتایا۔

مس ۔ مگر وہ تو بہت اچھی انگریزی بولتا ہے۔

جبیب ۔ وہ ہندوستان کی ساری یونیورسٹیوں کے تقاری کے باہم مقابلے میں اول انعام اور تمغہ لیے ہوئے ہے۔

مس ۔ پھر یہ نفرت کیوں ؟

جبیب ۔ اس کی کئی وجہ ہیں ۔

مس ۔ وہ کیا میں سننا چاہتی ہوں ۔

جبیب ۔ ہندوستان ہے تو ہمارا وطن ۔ لیکن اپنے ہی گھر میں ہماری حالت بیان کے قابل نہیں۔ ایک یورپین اور پھر یوربین لیڈی سے خود دار ہندوستانی بہت ہچکچاتا ہے۔ کیونکہ یوربین کا صرف اتنا کہہ دینا کہ اس نے میری گستاخی کی۔ بیچارے ہندوستانی کی گرفتاری کے لیے کافی ہوتا ہے۔

مس ۔ میں انگریز نہیں ۔ امریکن ہوں ۔

جلیب۔ وہ تو میں آپ کے لہجے سے
سمجھ گیا تھا۔

مس۔ آپ لوگ بڑے ذکی معلوم ہوتے ہیں۔

جلیب۔ یہ آپ کا حسنِ ظن ہے۔

مس۔ آپ نے انگریزی کہاں حاصل کی؟

جلیب۔ یہیں ہندوستان میں۔

مس۔ آپ مجھے تعجب میں ڈالتے ہیں۔
ہم لوگ تو انگریزی کی تکمیل کے لیے بچوں کو امریکہ سے انگلستان بھیجتے ہیں۔ حالانکہ ہماری مادری زبان انگریزی ہے۔ اور آپ لوگ اپنے گھر میں رہ کر ہی ایسی اچھی اور صحیح انگریزی کے ماہر بن جاتے ہیں۔

جلیب۔ اس کی وجہ یہ ہے کہ ہماری اپنی زبانیں اُردو، ہندی، وغیرہ بہت پختہ صرف و نحو رکھتی ہیں۔ اور ادبی نفسیات کا یہ اصول متعارفہ ہے کہ جب لوگ اپنی زبان اچھی طرح جانتے ہوں اور اس زبان کی گریمر سائنٹیفک اصول پر مبنی ہو تو وہ غیر زبان آسانی سے سیکھ سکتے ہیں۔ اور پھر ہماری اکثر زبانیں اور انگریزی

ایک خاندان کی یعنی آرین ہیں۔

مس۔ ٹھیک ہے۔ لیکن ہندوستانی انگریزوں سے اتنی دور کیوں بھاگتے ہیں؟

جبیب۔ (مسکراکر) اس کی تشریح اس وقت معلوم ہوگی جب اگلے اسٹیشن پر میں اپنا سامان لے کر یہاں سے چلا جاؤں گا۔

مس۔ (سامنے آ کھڑی ہوتی ہے) میں تم کو ہرگز جانے نہ دوں گی۔ تم کیونکر جا سکتے ہو؟

جبیب۔ (کھڑے ہوکر) میں اپنی ٹانگوں کے زور سے جا سکتا ہوں اپنی تئیں خطرے میں ڈالنا نہیں چاہتا۔

مس۔ خطرے میں ڈالنا نہیں چاہتا! کیا خطرہ ہے یہاں؟

جبیب۔ یہ بتانا میرا فرض نہیں۔ آخر آپ کو کیا حق ہے کہ مجھے یہاں رہنے رکھیں۔

مس۔ یہ حق ہے کہ میں اکیلی ہوں غریب الوطن ہوں۔ آپ عجیب شریف آدمی ہیں کہ مجھے اس لمبے سفر میں

اکیلا چھوڑ کے جاتے ہیں۔ جب کہ چلتی گاڑی میں وارداتوں کی کمی نہیں۔ میں آپ کے وطن میں ہوں اور آپ میری حفاظت سے جی چراتے ہیں۔ کیا آپ مجھے اپنے قد اور ورزشی رگ پٹھے سے رعب میں لانا چاہتے ہیں۔ (یہ کہہ کر وہ لمبی سیٹ کے پرلے کونے پر جا کر جبیب کی طرف سے پیٹھ موڑ کر بیٹھ جاتی ہے۔ جبیب چند لمحے چپکا کھڑا رہنے کے بعد اس کے قریب آتا ہے اور کہتا ہے۔)

جبیب۔ مس گریونا حق خفا ہوگئیں اور غصے کی جھانج میں یہ پوچھنا بھول ہی گئیں کہ میرا دوست گونگا اور بہرا کیوں بن گیا تھا۔

مس۔ (جبیب کی طرف مڑ کر مسکراتے ہوئے) تم تو میری پرچھائیں کاٹتے ہو۔ ذرا آدمی بنو تو بات کروں۔

جبیب۔ تو کیا اب تک میرا برتاؤ جانوروں یا وحشیوں کا سا تھا۔

مس۔ یہ۔ یہ دیکھو پھر لڑائی شروع ہوئی۔

جبیب۔ لڑنے پر آمادہ آپ ہیں کہ میں۔

مس۔ آخر ہم کس گھڑی سے نکلے تھے۔

(ہنستی ہے)

جلیب۔ پریم کی ماں نے مجھے کہلا بھیجا تھا کہ یہ دن کلکتہ کے سفر کے لیے اچھا نہیں۔ کل جاؤ۔

مس۔ یہ پریم کون ہے؟

جلیب۔ میرا دوست اور دھرم کا بھائی۔

مس۔ دھرم بھائی کیسا ہوتا ہے؟

جلیب۔ جیسے۔۔

مس۔ ہاں۔ ہاں۔ کہتے کہتے رُک کیوں گئے؟

جلیب۔ میں یہ کہنے کو تھا کہ جیسے تم اور میں دھرم کی بہن بھائی بن جائیں۔

مس۔ وہ کیوں کر بنتے ہیں؟

جلیب۔ جس طرح پریم اور اس کی بہن اور میں دھرم کے بہن اور بھائی ہیں۔

مس۔ مگر تم کون ہو؟

جلیب۔ میں مسلمان ہوں۔

مس۔ اور پریم؟

جلیب۔ وہ ہندو ہے۔

مس۔ اور پریم کی بہن ؟

جبیب۔ (ہنس کر) وہ بھی ہندو ہے اور کون ہوتی۔

مس۔ یہ میں نے آج سُنا۔ ہندو مسلمان آپس میں ایسے رشتہ کرتے ہیں۔

جبیب۔ جی ہاں۔ شیر و شکر ہیں۔ ہماری جائداد کا منتظم ایک ہندو ہی ہے۔ معلوم ہوتا ہے آپ نے ہندوستان پر ایک مس مئو کی کتاب ہی پڑھی ہے۔

مس۔ اوہ۔ وہ بالکل واہیات ہے ہم نے امریکہ میں اس کی ذرا پروانہ کی۔ وہاں مس مئو کو "بہتان باز" نام دیا گیا ہے۔ اس کا چرچا انگریزی اخباروں ہی میں ہے۔

جبیب۔ لکھوائی جو انگریزوں نے۔ یہ سارے ہندوستان کا یقین ہے۔

مس۔ ہاں۔ وہ بات تو رہ ہی گئی تمہارا دوست بہرا اور گونگا کیوں بن گیا تھا ؟

جبیب۔ وہ تمہارے سامان کی کسی چیز پر سے صرف "ایو" ہی پڑھ سکا۔ لیبل کا شروع کا حصّہ اور

چیزوں سے دبا ہوا تھا۔ آج کل سارے ملک میں مس میو سے نفرت تو ہے ہی وہ یہ سمجھا کہ تمھارا نام بھی میو ہے۔ اور امریکن وہ تمھیں پہلے جملے سے ہی سمجھ گیا تھا۔ خیال کیا کہ شائد تم مس میو کی چھوٹی بہن ہو۔ یہی سبب اس کے بہرے اور گونگے بننے کا تھا۔

مس۔ یہ بات ہے۔ کلکتہ تو وہ آئے گا نا۔ وہاں اس کی خبر لی جائے گی۔

جبیب۔ وہ میرا جیسا بھولا بھالا نہیں کہ آپ کی دھمکیوں میں آجائے۔

مس۔ کیوں نہیں آپ بڑے بھولے بھالے ہیں۔ چشم بد دور۔

جبیب۔ بھولا بھالا نہیں ہوں۔ ابھی تم روٹھ کر پیٹھ موڑ کر ادھر کو بیٹھ گئیں تھیں۔ تو تمھیں منایا کہ نہیں؟

مس۔ نہیں۔ مسٹر جبیب۔ مجھے بہت رنج ہوا تھا۔ میں یہ سمجھی کہ تم مجھے نہایت نفرت کے قابل سمجھتے ہو۔

حبیب۔ مجھے افسوس ہے کہ میری کسی بات سے آپ کو رنج پہنچا۔

مس۔ آہ۔ اس کا خیال نہ کرو۔ اب تو ہم دوست ہیں۔

حبیب۔ اگر یہ اعزاز مجھے بخشا جائے۔

مس۔ یہ درباری مصاحب کی سی گفتگو ہے۔ میں کہتی ہوں کہ یہ بات کیا ہے۔ مجھ سے تو کچھ اور ہی کہا گیا تھا۔ مسٹر حبیب میں دو مہینے سے ہندوستان میں اکیلی سفر کر رہی ہوں۔ مجھے تو کوئی ہندوستانی بے تمیز یا گستاخ نہ ملا۔ اور پھر ہندوستانیوں اور انگریزوں کے تعلقات پولٹیکل وجہوں سے اتنے کھنچے ہوئے ہیں۔ انگریز ہندوستانیوں کو بُرا کیوں کہتے ہیں؟

حبیب۔ اس جواب تو ہمارے لیڈر دے سکتے ہیں۔ ظاہر میں یہ معلوم ہوتا ہے کہ جب سے ہندوستان میں پولٹیکل بیداری شروع ہوئی انگریزوں کو خوف ہونے لگا کہ کبھی نہ کبھی اس ملک کی قسمت کی باگ ضرور ہاتھ سے چھوڑنی پڑے گی۔

مس۔ بالکل درست۔ پھر۔

جیب۔ پھر یہ کہ انگریز یہاں دو جماعتوں پر منقسم ہیں۔ ملازم تو ان معاملوں میں اپنی ذاتی غرض سے کام رکھتے ہیں جو ملازم نہیں انھیں یہ خوف ہے کہ جب ہندوستان کی حکومت ہندوستانیوں کی مرضی پر چلنے لگے گی تو وہ ان کی ڈیڑھ صدی کی شاہ مزاجیوں کے بدلے ان سے لیں گے۔

مس۔ اگر لیں تو بالکل قدرتی بات ہوگی۔

جیب۔ مگر ہمارے متعلق قدرتی نہیں۔

مس۔ وہ کیوں کر؟

جیب۔ دیکھنا یہ ہے کہ جب اس ملک میں ہماری حکومت تھی اور زوروں پر تھی تو ہم نے فرنگیوں کے ساتھ کیا سلوک کیا۔

مس۔ ہاں۔ ہاں۔ ہم معاملے کے نہایت دلچسپ حصے پر پہنچ رہے ہیں۔ کیا سلوک کیا؟

جیب۔ اورنگ زیب عالمگیر اینگلو انڈین مورخوں کی بدولت نہایت متعصب اور سخت گیر مغل

بادشاہ ہونے کی شہرت رکھتا ہے اس میں شک نہیں کہ وہ پکّا مذہبی آدمی تھا اور شرع کا سخت پابند۔ رپورٹ ہوئی کہ سُورت میں جن فرنگیوں کو تجارت کی کوٹھیاں کھولنے کی اجازت ملی ہے وہ شراب رکھتے ہیں اور پیتے ہیں اور شراب رکھنا یا پینا پلانا اسلامی شرع میں سخت جرم ہے۔ اورنگ زیب نے اس رپورٹ پر یہ حکم جاری کیا کہ اہل یورپ کی یہ قومی عادت ہے ان کے ساتھ شراب کے متعلق رُوک ٹوک نہ ہونی چاہیے۔

مس۔ نہایت معقول حکم ہے۔

جبیب۔ اب ہم کو انگریزوں اور فرنگیوں کا دو صدی کا تجربہ ہے اور ہم دنیا کی سیاسیات سمجھتے ہیں تو سُوراج حاصل ہونے پر ان انگریزوں کے ساتھ جو رعایا کی طور پر یہاں رہ جائیں گے نامناسب سلوک کیوں کر ہو سکتا ہے۔

مس۔ وہ دہلی کا اسٹیشن ماسٹر تم کو کالا آدمی کہتا تھا تم تو اس سے کہیں گورے چِٹے ہو۔

جبیب۔ اچھا۔ وہ کالا ٹین۔ میں ایک

اس کی گرد جھاڑ چکا ہوں۔ (ہنستا ہے)

مس۔ ہنسے کیوں؟

جبیب۔ مجھے "لارڈ سا لبسری کا کالا آدمی یاد آگیا"

مس۔ وہ کیا بات ہے ضرور سُناؤ۔ لارڈ سا بسری تو ایک دفعہ انگلستان کا بڑا وزیر تھا نا۔ پھر کیا ہوا؟

جبیب۔ ہاں۔ ہوا یہ۔ کہ پارلیمنٹ ٹوٹی اور نیا انتخاب ہوا۔ مسٹر دادا بھائی نوروجی کا نام شاید تم نے سُنا ہو۔ ان کو سب ہندوستان کا بزرگ کہتے ہیں۔ آج کل کی سیاسی تلقین یہاں اُنھیں سے چلی۔ وہ بمبئی کے رہنے والے تھے اور ان کا رنگ و روغن ——

مس۔ ہاں۔ ہاں۔ کہو۔

جبیب۔ کہوں تو خوف ہے تم پھر لڑنے لگوگی۔

مس۔ (مُسکرا کر) معلوم ہوا کہ تم شریر بھی ہو۔

جبیب۔ اور کیا کچھ ہوں؟

مس۔ بھئی لڑنے کو جانے بھی دو اور سیدھے سیدھے وہ بات سناؤ۔ تم کیا کہنے کو تھے؟ مسٹر نوروجی کا رنگ۔

حبیب۔ مجھ سے اور تم سے زیادہ سُرخ سفید تھا۔

مس۔ پھر اس میں میرے لڑنے کی کیا بات ہے۔ میں اپنے تئیں خوبصورت ہرگز نہیں سمجھتی۔

حبیب۔ تو تمہارا خوبصورتی کا معیار محض خیالی ہوگا۔

مس۔ میں نہیں سمجھی۔ اس کا مطلب؟

حبیب۔ یعنی تم واقعی بہت حسین ہو۔

مس۔ (عارضی سُرخی کی جھلک چہرے پر پھوٹ نکلتی ہے) خیر میں کچھ ہی ہوں۔ ہاں۔ پھر؟

حبیب۔ پھر یہ کہ مسٹر نوروجی بھی جنرل الکشن میں لبرل پارٹی کی طرف سے انتخاب میں امیدوار تھے۔ انگلستان میں تو مخلوط نسلوں کے آدمی بستے ہیں نا۔ سالسبری ان سانولے خاندانوں میں تھا جو انگلستان میں مشہور ہیں۔

مسٹر نوروجی کے مقابلہ میں اسے کالا آدمی کہنا چاہیے۔ خیر وہ کنسروٹیو پارٹی کا لیڈر تھا اور نہیں چاہتا تھا کہ ایک ہندوستانی پارلیمنٹ کا ممبر ہو۔ اس نے لبرلوں پر طعن کرتے ہوئے انتخاب کے ایک جلسے میں مسٹر نوروجی کو کالا آدمی کہا۔ پھر کیا تھا لبرل پریس نے ان دونوں کی اصلی رنگ کے مطابق رنگین تصویریں چھاپیں۔ اور بڑا شور ہوا۔ اگر سالسبری مسٹر نوروجی کو کالا آدمی نہ کہتا تو شاید وہ انتخاب میں پہنچنے نہ جاتے۔ وہ انتخاب میں آ گئے۔ اب تم نے سُنی لارڈ سالسبری کے کالے آدمی کی کہانی؟

مس۔ اوہ۔ نہایت دلچسپ۔ حبیب مسٹر حبیب۔ تم لوگ تو اس ملک کے موسم کے باوجود کالے ہرگز نہیں کہے جا سکتے۔ وہ تمہارا بہرا گونگا دوست بھی گورا تھا۔ اور ہاں وہ بہن کا کیا ذکر تھا۔ تمہاری بہن کا؟

حبیب۔ نہیں اپنی بہن کا۔ اور وہ میری بھی بہن ہے۔ رادھا۔ یہ اس کا نام ہے۔ کلکتہ میں رہتی ہے۔ اُس کا خط دو ہفتے سے نہیں آیا۔ کہتا تھا کلکتہ پہنچتے ہی اس کی خیریت کا تار دوں۔ نہیں تو وہ پرسوں کلکتہ کے لیے

روانہ نہیں ہوگا۔

مس۔ اچھا تو مسٹر گونگا بہرا ابھی کلکتہ آرہے ہیں۔ دیکھو وہاں کیسا ٹھیک بناتی ہوں ان کو۔ تم کلکتہ میں کہاں ٹھہروگے؟

حبیب۔ وہیں بہن کے پاس۔

مس۔ وہ تو ہندو ہے نا؟

حبیب۔ ہاں۔

مس۔ اور تم مسلمان ہو؟

حبیب۔ پھر؟

مس۔ پھر یہ کہ تمھاری باتیں بیڈھب چونکانے والی ہیں۔ میں نے تو یہ سُنا ہے کہ ہندو کو مسلمان اکیلا ملے تو وہ اُسے مار ڈالتا ہے اور اسی طرح مسلمان اکیلے دُکیلے ہندو کے پیٹ میں چھُرا بھونک دیتا ہے۔

حبیب۔ کم سے کم میرے دوست کے اور میرے تعلقات کا اندازہ تو تم نے کرلیا ہوگا۔

مس۔ کیا میں پوچھ سکتی ہوں تمھاری کتنی بیویاں ہیں؟

(حبیب مارے ہنسی کے بے قابو ہو جاتا ہے اور دونوں ہاتھوں سے پیٹ پکڑ کر دوہرا ہو جاتا ہے مس گریو بھی ہنسنے لگتی ہے)

حبیب ۔ میں ابھی کنوارا ہوں ۔منگنی بھی نہیں ہوئی۔

مس ۔آہ ۔ لوگ بھی کیا بہتان باندھتے ہیں ۔ مجھ سے تو یہ کہا گیا ہے کہ ہندوستان میں کوئی بارہ برس کا لڑکا اور دس برس کی لڑکی بن بیاہ کے موجود نہیں۔ اور مرد خاص کر مسلمان جہاں بیس برس کا ہوا اور ہر سال ایک نئی بیوی کر لیتا ہے۔

حبیب ۔مس گریو۔ میں ان دروغ بیانوں کی طرح تم کو گمراہ کرنا نہیں چاہتا۔ ہر قوم میں برے لوگ بھی ہوتے ہیں اور بھلے بھی ۔ اچھی قوم وہ ہے جو برائی کو برا سمجھے اور اس میں اچھے آدمی زیادہ ہوں ۔ بری قوم وہ جس میں برائی کو برا نہ سمجھا جائے اور اس میں برے آدمیوں کی کثرت ہو۔ یورپ والوں نے یہ بڑی بے ایمانی یا غلطی کی کہ محدود یا منگھڑت مشاہدے اور ناقص تجربے کی

بناء پر عام نتیجے نکال لیے اور کلیے قایم کر لیے۔ اور اب یہ غلط فہمیاں ان کے دماغ میں جم گئی ہیں۔

مس۔ جب سے تم نے سوراج مانگنا شروع کیا تب سے یہ جھوٹ کا طوفان بڑھ گیا۔

حبیب۔ جب سے پولٹیکل حقوق کا لفظ ہندوستان کی زبان پر آیا۔

مس۔ یہ باتیں کب تک چلیں گی؟

حبیب۔ جان بُل کے دو بڑے وصف ہیں۔ استقلال اور امید نہ چھوڑنا۔ وہ کبھی مایوس نہیں ہوتا۔ گد کی طرح امید باندھے بیٹھا ہی رہتا ہے۔

مس۔ پاپا کو یہ باتیں سنائیں گے کلکتہ میں۔

حبیب۔ تمہارے والد کلکتے میں رہتے ہیں۔

مس۔ رہتے نہیں۔ وہ اپنی تجارت کے سلسلہ میں آئے ہیں۔ میری ماموں زاد بہن بھی اِن کے ساتھ ہے۔ وہ سیدھے کلکتہ چلے گئے۔ میں مغربی اور شمالی ہند کا دورہ کر کے آرہی ہوں۔ اِن سے ضرور ملنا۔

جبیب۔ اگر انھیں ملاقات کی عزت بخشنے کی فرصت ہوئی۔

مس۔ تم خاصے درباری آدمی معلوم ہوتے ہو۔

جبیب۔ کئی پشت سے ہمارے خاندان کا تعلق کسی دربار سے نہیں رہا۔ کلام کا یہ طرز صرف انگریزی تکلف ہے۔ ہمارا ہندوستانی جملہ اس موقع پر یہ تھا کہ "ضرور ان کی خدمت میں حاضر ہونے کی برکت حاصل کروں گا۔"

مس۔ برکت کا کیا محل ہے۔ وہ کوئی بشپ تھوڑی ہیں۔

جبیب۔ بزرگوں سے ملنا بڑی برکت ہے۔

مس۔ پاپا تمھارے بزرگ کیسے بنے؟

جبیب۔ تمھارے جو باپ ہیں نا۔

مس۔ پھر۔

جبیب۔ ہماری تہذیب میں دوست کے بزرگ کو ایسا ہی سمجھا جاتا ہے جیسا اپنے بزرگ کو۔

مس ۔ مگر میں کون ہوں ؟
حبیب ۔ دوست ۔ میں تو یہی سمجھتا ہوں۔
مس ۔ ٹھیک سمجھتے ہو ۔ اچھا پھر لڑنا مت ۔
حبیب ۔ یہ پھر تم کو لڑنے کا دھیان آیا ۔
مس ۔ اچھا پریم کے کتنے بچے اور بیویاں ہیں ؟
حبیب ۔ (قہقہہ) دو سو بچے اور ایک سو بیویاں ۔
مس ۔ یہ ناممکن معلوم ہوتا ہے ۔
حبیب ۔ وہ بھی کنوارا ہے ۔
مس ۔ تو اب تک میں بڑے مغالطے میں رہی ۔ مجھے جو کچھ بتایا گیا ہے سب واقعات کے خلاف ہے۔

....

مس ۔ کرکٹ میں تمھارا ہتھیار بلا ہے اور پریم کا گیند ۔ مگر اُس کا چہرہ کیسا لڑکیوں کا سا ہے ۔ کیوں ۔ ہے کہ نہیں ؟ وہ کیا گیند دے گا ۔
حبیب ۔ ایسی گیند دے گا کہ مہمان ٹیم کا

ناکوں دم کر دے گا۔

مس ۔ بس منہ دھو رکھو۔ امریکن ٹائیم تمھیں جبت کر رہے تو سہی ۔ ہم تو گرینڈ ہوٹل میں ٹھہرے ہیں ۔تم کہاں رہو گے ؟

جبیب ۔ کل بتا تو چکا ہوں بہن کے پاس۔

مس ۔کل ۔

جبیب ۔ (کھڑکی طرف اشارہ) اس شیشے میں سے دیکھو وہ کیا ہو رہا ہے ۔ سورج نکل رہا ہے ۔

مس ۔ (جماہی لے کر) اوہ ! تو ہم رات بھر جاگتے اور بکواس کرتے رہے ۔ اب کچھ سو رہیں ۔

جبیب ۔ اس سے طبیعت بگڑ جائے گی ۔ٹرین کی چال دھیمی ہو رہی ہے ۔ ابھی اسٹیشن آرہا ہے ۔وہاں چائے ملے گی ۔ چائے پی کر حاضری کی تیاری کرنی چاہیے ۔حاضری کے بعد سو رہنا۔

۴

مس ۔ ڈنر پر وہ انگریز جو تم سے باتیں کرتا تھا کون تھا ؟

جبیب ۔ وہ ایک سویلین ہے ۔ میرے باپ کا شاگرد ہے۔ ان سے اس نے جوڈیشل کام سیکھا ہے اور اُردو پڑھی ہے ۔ ایک دفعہ والد دورے پر گئے تو میں اسے پڑھاتا رہا ۔

مس ۔ وہ الگ کو لے جاکر اس نے کیا کہا تھا؟

جبیب ۔ تمہاری نسبت پوچھتا تھا کون ہیں۔

مس ۔ پھر تم نے کیا جواب دیا؟

جبیب ۔ (جماہی لے کر) اسے لعنت بھیجو۔ میں کہتا ہوں ایک رات اور ایک دن تو ہمیں بکتے بکتے بیتا ۔ آج رات بھی کیا باتوں ہی میں ختم کرنی ہے ۔ (مسکراکر) تم نے مجھے اپنا محافظ مانا ہے نا؟

مس ۔ بے شک ۔

جبیب ۔ (مصنوعی سنجیدگی سے) میں تمہارے محافظ کی حیثیت سے حکم دیتا ہوں کہ اب اپنے بستر پر جاؤ۔ میں یہ پسند نہیں کرتا کہ تم ہوڑا اسٹیشن پر لال آنکھیں لے کر اترو۔

مس ۔ (مسکراکر) سچ مچ تم بڑے اچھے محافظ ہو۔ جبیب وہ تمہارے مسٹر گونگا کی ماں کی پیشین گوئی تو

صحیح ثابت نہ ہوئی۔ تم لوگ بہت وہم پرست ہو۔

حبیب۔ ساری دنیا وہم پرست ہے۔ بادشاہ جارج پنجم ۱۹۱۱ء میں تاج پوشی کے دربار کے لیے جب ہندوستان آنے لگے تو روانگی کا دن جمعہ مقرر ہوا تھا۔ جہاز والوں نے اس روز لنگر اُٹھانے سے اِنکار کر دیا کیونکہ جمعہ کے دن کوئی اگلا بادشاہ جہاز پر سوار ہو کر گیا تھا اور واپس نہ آیا۔ آخر شاہی پروگرام بدل ڈالنا پڑا۔ تو کیا اس سے کل انگریزی قوم واہمہ پرست ہو گئی۔

مس۔ ہاں۔ ہاں۔ محبت انسان کے دل میں بعض کمزوریاں پیدا کر دیتی ہے اور یہ بہت سُہانی اور پرستش کے قابل ہوتی ہیں۔

حبیب۔ ہوتی ہونگی۔ اب پھر گفتگو کا سلسلہ چھڑا چاہتا ہے۔ مس گریو! ایک اچھی لڑکی کی طرح اب بستر پر جاؤ۔

مس۔ (ہنس کر) تم تو اس طرح حکم دیتے ہو جیسے مائیں خفگی کے وقت بچّوں کو سونے کے لیے بھیجا کرتی ہیں۔

جیب۔ میں اب نہیں بولوں گا۔
مس۔ بول تو رہے ہو۔
(جیب زور سے ہونٹ بھینچ کر اپنا منہ مس گریو کو دکھاتا ہے مسکراتا جاتا ہے اور سب کھڑکیوں اور دروازوں کی چٹخنیاں بند کر کے مس گریو کو "گڈ نائٹ" کہتا ہوا اُوپر کے برتھ پر چلا جاتا ہے)

۵

(کھٹ پٹ۔ دھم دُھس۔ کڑکڑ۔ چیخ چہاڑ)
مس۔ جیب تم کہاں! یہ کیا ہوا؟
جیب۔ سخت حادثہ ہوا ہے۔ ٹرین ٹکرائی تو نہیں۔ معلوم ہوتا ہے لائن سے گر پڑی ہے۔ اُلٹ گئی۔ تمھیں چوٹ تو نہیں لگی۔
مس۔ میں سیٹ سے نیچے گر پڑی ہوں۔ میرا دم گھٹ رہا ہے تم کہاں ہو؟
جیب۔ جب تم نیچے فرش پر گریں میں اُوپر سے گرا۔ یہ خوش قسمتی تھی کہ میں بالکل تمھارے اُوپر پھینکا گیا۔ مگر میرے اُوپر بہت بوجھ ہے۔ جیسے ساری

گاڑی میری پیٹھ پر ہے میں اسے سہار نہیں سکتا۔ میرے ہاتھ پاؤں سُن ہونے کو ہیں۔ نکلو۔ نکلو!

مس۔ تم کو اس حالت میں چھوڑ کر۔ اور جاؤں کہاں؟

جیب۔ وہ تختہ ٹوٹا ہوا ہے۔ جہاں سے چاند کی روشنی آتی ہے۔ اس میں سے نکلو۔ نکل جاؤ۔ جلدی۔ پہلے ٹانگیں۔ سر کے بل نہیں۔ سنبھل کر۔ جاؤ۔ اور مدد مانگو شاید میں بچ جاؤں۔

٦

مسٹر گریو۔ ڈاکٹر سے آپ نے سنا کہ اب خطرہ نہیں رہا اب آپ اپنی رخصت کے پورا ہونے پر جا سکتے ہیں۔

محبوب علی۔ اوہ۔ مسٹر گریو! میں کس زبان سے آپ کا شکریہ ادا کروں۔ آپ نے میرے بچّے کی جان بچائی۔ کیسا اچھا علاج کرایا۔ یہ میرا اکلوتا بچّہ ہے اور میری زندگی کا سہارا۔

گریو۔ یہ آپ کی صرف مہربانی ہے جو

ایسا فرماتے ہیں۔ اس نے بھی تو میری اکلوتی بچّی کی جان بچائی۔ میں عمر بھر اس کا احسان نہ بھولوں گا۔

محبوب۔ یہ آپ کی نیک خیالی ہے۔ اب دیکھنا یہ ہے کہ لڑکا بیماری سے اُٹھ کر کیسا رہتا ہے۔ ڈاکٹر تو پوری اُمید دلاتا ہے۔

گریو۔ جی ہاں۔ ممکن ہے کہ پیٹھ میں کچھ نقص رہ جائے۔

محبوب۔ ہمیں اس کا اندیشہ نہ کرنا چاہیے۔ میں یہاں کے ایک دیسی جرّاح کو جانتا ہوں۔ جو ریڑھ کی ہڈی ٹھیک کر دے گا۔ ڈاکٹر اُسے ڈسچارج کر دیں تو میں اس جرّاح کو بلاؤں گا۔

گریو۔ مجھے جو اندیشہ ہے وہ اُس کے دل کا ہے۔

محبوب۔ دل کی تو کبھی شکایت نہیں ہوئی۔

گریو۔ میرا مطلب دل کے عارضے سے نہیں بلکہ دل کی لگاوٹ سے ہے۔ نرس کی رپورٹ آپ نے سُن ہی لی ہے۔ وہ بیہوشی کی ہذیانی حالت میں میری کا

نام بولتا رہا۔ اور جو اس کی بڑ کا مضمون تھا اس پر ہوش میں آنے کی پہلی بات کے ساتھ غور کرنا چاہیے۔ اور پھر لڑکی کی کیفیت جو ان دنوں میں رہی وہ بھی توجہّ کی مستحق ہے۔ اب آپ سمجھے؟ آپ اس معاملے میں کیا کہتے ہیں؟

مجبوب۔ کیا آپ کا مدعا یہ ہے۔ کہ اور چند دنوں میں آپ سب وطن چلے گئے تو وہاں لڑکی اور یہاں لڑکا ——

گریو۔ دل شکستہ رہیں گے۔

مجبوب۔ میں آپ سے صاف صاف کہے دیتا ہوں۔ یہ معاملہ نہایت سنگین ہے۔ پہلا لفظ آپ کی زبان سے نکلنا چاہیے۔

گریو۔ میں آپ کی ایشیائی نازک خیالی کا لوہا مان گیا۔ میں بھی آپ سے خلوص کی بات کہتا ہوں۔ اگر ان کا جذبہ صادق ہے تو مجھے حبیب میں وہ سب اوصاف نظر آتے ہیں جو ایک لڑکی کا باپ اپنے ہونے والے داماد میں ڈھونڈ سکتا ہے۔

(مجبوب ایک منٹ کے تامل کے بعد اپنا

ہاتھ مسٹر گریو کی طرف بڑھاتا ہے جسے وہ اپنے ہاتھ میں لیتا ہوا کھڑا ہو جاتا ہے)

مجبوب۔ جذبات کی صداقت اور خلوص کا امتحان میں آپ پر چھوڑتا ہوں۔

گریو۔ اب یہ فرمائیے پریم کا آپ سے کیا تعلق ہے۔

مجبوب۔ پریم کا باپ میرا بڑا پیارا دوست تھا۔ وہ مرتے وقت اپنی بیوی اور دونوں بچوں کو میری سرپرستی میں چھوڑ گیا۔ لڑکی رادھا کی شادی سوائے مذہبی رسوم کے میں نے کی۔ یہ دونوں بچے میری اطاعت اور محبت میں حبیب سے ہرگز کم نہیں۔ آپ نے دیکھا ہی ہے کہ رادھا کے شوہر کے ساتھ میں نے کیا مراسم ادا کیے۔ مگر آپ کا یہ سوال کچھ اور معنی رکھتا ہے۔

گریو۔ آپ کا قیاس صحیح ہے۔ میں پریم اور کیٹی کی آنکھوں میں خاص جذبات کی جھلک پاتا ہوں!

مجبوب۔ اسے میرا اقبال جانیے کہ اس حادثہ نے میرے آدھے حواس گم کر دئے میں اور پھر

میری ذہنیت کی مشرقی سرشت اس اداشناسی کی رمز کے ادراک کی مانع ہے۔ مگر پھر یہ دونوں بچے مجھ سے چھن جائیں گے۔

گریو۔ میں نے ان معاملوں کو آخر تک سوچ لیا ہے۔ میری تجویز یہ ہے کہ اگر یہ بات یونہی ہونی ہے تو چاروں بچے چھ مہینے امریکہ میں میرے پاس اور چھ مہینے یہاں آپ کے پاس رہا کریں گے۔ فرمائیے آپ کی کیا رائے ہے؟

محبوب۔ پورا اتفاق۔ واقعی آپ کی صائب رائے کی داد دینی چاہیے۔

گریو۔ آپ مجھے خود بین بنانا چاہتے ہیں۔ مگر پریم کی ماں کو تو ہم بھول ہی گئے۔

محبوب۔ اس کی فکر نہ کیجیے۔ بھابی کو میں سمجھا لوں گا۔

گریو۔ تو یہ طے پا گیا کہ کامل صحت کے بعد حبیب اور پریم میرے ساتھ جائیں گے۔

محبوب۔ اور یہ بہت اچھا ہوگا کیونکہ یہ

دونوں لڑکے ساری عمر ساتھ ہی رہے ہیں۔

۷

میری۔ اس دیسی جراح نے تو اعجاز کر دکھایا۔ اب تو کمر میں کسک باقی نہیں۔

حبیب۔ کمر میں تو اب کسک نہیں رہی مگر۔۔

میری۔ ہاں۔ اور۔ اور کیا کہنے کو تھے؟

حبیب۔ اگر تم ناراض نہ ہو تو کہوں۔

میری۔ بیدھڑک کہو جو کہنا چاہتے ہو۔

حبیب۔ وہ یہ بات ہے کہ کمر کی کسک تو چلی گئی لیکن دل میں ایک کسک نئی پیدا ہو گئی ہے۔

میری۔ (مسکرا کر) وہ جراح اس کے لیے بھی کوئی دوا دے دیگا۔ فکر کی بات ہی کیا ہے۔

حبیب۔ یہ ستم ظریفی۔ میں یہ کہنا چاہتا ہوں کہ جوں جوں تمھارے امریکہ جانے کے دن قریب آتے جاتے ہیں میرا دل پریشان ہوتا جاتا ہے اور سامنے اندھیرا ہی اندھیرا دکھائی دیتا ہے۔

میری۔ اور جو میں یہ کہوں کہ میری بھی

یہی حالت ہے۔

جبیب۔ بس پیاری۔ آگے نہ کہو۔ بجھے آج اس دنیا میں جنت مل گئی یہ جان کر کہ میری جگہ تمھارے دل میں ہے۔ میری زندگی کے سہارے کو یہ کافی ہے۔

مئیری! آہ پریم کی ماں سچ کہتی تھی کہ اس دن کا سفر کرنا نحس نکلے گا۔ تم ملیں۔ آسمان کی برکت مل گئی۔ لیکن مستقبل بھیانک نظر آرہا ہے۔

مئیری۔ وہ کیوں؟

جبیب۔ تم اپنے باپ کی اکلوتی بیٹی ہو۔ میں نہیں امید کرتا کہ تمھاری ماں کا غم انھیں بھولا ہو۔ یہی حال میرے باپ کا ہے۔ نہ معلوم ہماری آئندہ زندگی کے متعلق کیا کیا منصوبے ہمارے بزرگوں کے دلوں میں ہیں۔ اور ہم دونوں کے باپ گویا ہمارے پجاری ہیں۔ تم امریکن میں ہندوستانی۔ جانے تمھارا باپ لکھ پتی ہو کروڑ پتی ہو۔ میرا باپ معمولی آدمی ہے اور میں زندگی کی کشمکش میں صرف داخل ہونے کو ہوں۔ یہ بیل منڈھے چڑھتی نظر نہیں آتی۔

مئیری۔ جبیب پیارے۔ مجھے بتاؤ کیا کروں

نہ میں تمھیں دل سے نکال سکتی ہوں نہ پاپا کا دل دُکھا سکتی ہوں۔

حبیب۔ میں کئی دن سے اِسی سوچ میں ہوں۔

مُیری۔ پھر کیا سوچا؟

حبیب۔ کہوں تو تمھیں رنج ہوگا۔

مُیری۔ کہو! کہو! جو ہونا ہے ایک ہی دفعہ ہو جائے۔

حبیب۔ میں یہ کہنا چاہتا ہوں۔ کہ بُھلا دو۔ تم مجھے بھلا دو۔

مس گریو۔ تم بھول جاؤ کہ ہم کبھی ملے بھی تھے۔

مُیری۔ ناممکن۔ ان ہونی بات۔ (حبیب کی چھاتی پر منہ رکھ کر رُونے لگتی ہے)

حبیب۔ مس گریو! مُیری پیاری! اس طرح ہم فرزندانہ عقیدت مندی کی تیاری نہیں کر سکتے! پیاری! تجھے میری مردانہ عزّت کا بھی خیال نہیں۔ دیکھ کہ

میں نے اپنے دل پر کس قدر جبر کرکے یہ پکّا ارادہ کرلیا ہے کہ تیرے عاشق اور شفیق باپ کو میری وجہ سے کوئی رنج نہیں پہنچے گا۔ دیکھ (بھرائی ہوئی آواز سے۔ میری کے آنسو پونچھتے ہوئے) یہ معلوم کرکے بھی کہ میں تیرے دل میں ہوں میرے چہرے کا کیا حال ہے۔ شاید اس وقت اس پر زیادہ روحانیت ہوگی جب تو نے مجھے اس گاڑی بھر کے بوجھ کے نیچے سے ادھ مؤا نکالا تھا۔ پیاری۔ انسان کی عزّت اور نیک اخلاقی ہی وہ چیز ہے جس کے بل پر یہ دنیا قایم ہے۔ ورنہ خدا کو اس سے ذرا بھی غرض نہیں کہ انسان زندہ اور خوش رہیں یا سب کے سب فنا ہوجائیں۔

میری۔ یہ تم کس دل سے کہہ رہے ہو؟

حبیب۔۔ (اپنا گلا ملتے ہوئے جیسے کسی چڑھتی ہوئی چیز کو نیچے اتارتا ہے) جس دل میں تیری صورت ہمیشہ منقوش رہے گی۔

میری۔ تم عجیب وغریب آدمی ہو۔

حبیب۔ اس میں تعجب کی کوئی بات نہیں۔

مجھ پر دوہری ذمہ داری ہے۔ فرض بھی کوئی چیز ہے۔ تم مجھ کو سخت کمینہ اور خود غرض سمجھنا اگر میرا عمل اس کے خلاف ہو۔ مگر مجھے کمزوری معلوم ہوتی ہے وہ طاقت کی دوا لاؤ گی۔

میری۔ (گھبرا کر)۔ ابھی۔ ابھی لاتی ہوں۔

(میری دوڑی جاتی ہے اور ایک الماری اس گھبراہٹ میں کھولتی ہے کہ اس میں رکھی ہوئی سب شیشیاں اور بوتلیں لڑکھڑا جاتی ہیں کانپتے ہوئے ہاتھ سے دیسی جراح کے مالش کے تیل کی شیشی اٹھا کر چل پڑنے کو ہوتی ہے کہ مسٹر گریو اور مسٹر محبوب باہم اس قسم کی کانا پھوسی کرتے داخل ہوتے ہیں) "اس سین نے اب کسی امتحان کی ضرورت باقی نہیں رکھی"

گریو۔ (قریب آکر) میری یہ کیوں دوا کی الماری میں بھونچال لا رہی ہو؟

میری۔ (جیسے چونک کر) حبیب کو کمزوری معلوم ہو رہی ہے۔ طاقت کی دوا لے جاتی ہوں۔

گریو۔ (قریب آکر) ہونھ! دیکھ تو اس

چِٹ پر کیا لکھا ہے! "قاتل زہر" یہ تو اسے پلانے لے چلی ہے جو تیری جان بچانے میں مرتے مرتے بچا!

(وہ شیشی مئیری کے ہاتھ سے چھوٹ پڑتی ہے اور وہ باپ کے گھٹنے پکڑ کر بیٹھ یا گر جاتی ہے۔ محبوب آگے بڑھ کر اُسے اُٹھا لیتا ہے)

گریو۔ اس کی اور تیری دوا ہم لا رہے ہیں (حبیب کو ضعیفوں کی کرسی سے اُٹھتا دیکھ کر) حبیب پیارے وہیں بیٹھے رہو۔

(سب حبیب کے پاس آجاتے ہیں۔ مئیری کو محبوب اور حبیب کو گریو اپنے پاس لے کر ایک صوفے پر بیٹھ جاتے ہیں۔ دونوں نوجوانوں کی آنکھیں شرمائی ہوئی اور گردنیں جھکی ہوئی ہیں)

گریو۔ حبیب پیارے۔ تمھارے والد نے اور میں نے یہ فیصلہ کیا ہے کہ تم اور مئیری چھ مہینے امریکہ میں میرے پاس رہا کروگے اور چھ مہینے ہندوستان میں بھائی محبوب کے پاس۔ اب تم لوگ بتاؤ کیا یہ انتظام ٹھیک ہے۔

(مئیری جو نئی دلہن کی طرح سر جھکائے بیٹھی تھی لپک کر آتی ہے اور باپ کی گردن میں باہیں ڈال کر اس کے ہونٹوں پر بوسہ دیتی ہے۔ حبیب باپ کے پاس آکر کھڑا ہو جاتا ہے۔ محبوب اسے برابر بٹھا کر ایک ہاتھ اُس کے شانہ پر رکھتا ہے اور دوسرا ہاتھ اُس کے سر پر پھیرتا ہے)

بملا

۱

ہری پد بابو۔ (کھڑے ہوکر ہاتھ باندھے ہوئے) بڑی کرپا کی جو آج آپ نے درشن دیے۔ سب خیریت ہے؟

لکشمی پت بابو۔ کالی مائی کی دیا ہے۔ میں نے سوچا کہ ٹھٹک کو بھیجوں تو وہ گول مول نہ کر دے اس لیے میں آپ ہی چلا آیا۔ کہنا یہ ہے کہ لڑکا اب ایم۔ اے۔ بی۔ ایل پاس کر چکا ہے۔

ہری۔ مبارک ہو! بڑی خوشی کی خبر سنائی۔

لکشمی۔ خوشی تو جب ہوگی کہ آپ بھی آگے بڑھیں۔

ہری ۔ آپ ہی کے کہنے پر میں نے لڑکی کو کالج نہیں بھیجا۔ نہیں تو وہ اس وقت تک بی ۔ اے پاس کر چکی ہوتی۔ آپ کہیں تو اب بھی اُسے کالج بھیج دوں ۔

لکشمی ۔ آپ میری بات اُلٹی سمجھے ۔لڑکی کی تعلیم کافی ہے۔ اصل بات یہ ہے کہ اب پانچ ہزار کو دوبالا کرنے کا وقت ہے ۔

ہری ۔ (حیرانی بلکہ پریشانی سے) دس ہزار !

لکشمی ۔ جی ہاں ۔ دس ہزار نقد کا جہیز ہوگا تو شادی ہوگی ۔ میں جانتا ہوں روپیہ کا معاملہ ہے آٹھ دس دن میں آپ انتظام کریں ۔ میں اسی وقت جواب نہیں مانگتا ۔ آج سے گیارہویں دن گھٹک کو بھیجوں گا ۔ روپیہ کا انتظام کر کے اُس کے ہاتھ شگون بھیج دیجیے گا ۔

ہری ۔ جناب ۔ شگون تو جا چکا ہے ۔ اب دُوسرا شگون کیسا ؟

لکشمی ۔ وہ شگون بی ۔ اے کا تھا ۔ اب ایم ۔ اے ۔ بی ۔ ایل کا شگون درکار ہے ۔ سمجھے آپ !

ہری ۔ (سوچ کر) کیا آپ کو معلوم نہیں کہ میری پنشن

کُل ڈیڑھ سو روپیہ ہے اور اس لڑکی کے بھائی ابھی پڑھ رہے ہیں۔

لکشمی۔ اور یہ بھی معلوم ہے کہ روپیہ یکمشت لے کر پنشن ختم بھی کرائی جاتی ہے۔ اور میں یہ بھی جانتا ہوں کہ آپ کرایہ کے مکان میں نہیں رہتے۔ مگر یہ باتیں یاد دلانا میرا کام نہیں۔ آپ ہی سوچیے میں اب پر نام کرتا ہوں۔

بملا بھائیوں کا لنچ لے کر اُن کے اسکول اور اور کالج جانے کے لیے چلی تھی۔ وہ ڈیوڑھی کا دروازہ کھولنے کو تھی کہ اُسے اجنبی آواز سُنائی دی اور شادی بیاہ کے لفظ اُس کے کانوں میں پڑے، وہ رُک گئی اور دروازے کی درار میں سے سب باتیں جو اُس کے باپ اور لکشمی بابو میں ہوئیں سُنتی رہی۔ لکشمی کے چلے جانے کے بعد وہ اُلٹے پاؤں اپنے کمرے میں آکر سوچنے لگی۔ وہ اپنے باپ کی مالی حالت جانتی تھی کہ اتنے میں ہری بابو اندر آئے اور بیوی کو سب کہہ سُنایا۔ اُن کی گفتگو کا خلاصہ

یہ ہے کہ مکان کی قیمت کا اندازہ کیا گیا اُس میں وہ روپیہ جوڑا جو بملا کے جہیز یا لڑکی کا باپ بننے کے جرمانہ کے لیے جوڑا گیا تھا۔ دس ہزار میں پھر بھی بہت کمی رہی۔ بملا کی ماں نے اپنا ٹوم چھلاّ جو کچھ تھا نِکال کر خاوند کے سامنے رکھ دیا۔ اُس کی مالیت بھی بہت نہ تھی۔ اندازہ ہوا کہ دو ہزار کی کمی رہتی ہے۔ اس کا پرد نوٹ لکشمی بابو کو لکھ دینا قرار پایا۔ بملاّ اور اُس کی ماں کے کمرے کے بیچ ایک کھڑکی تھی جس پر صرف جھرجھرا پردہ پڑا رہتا تھا۔ بملاّ نے یہ سب گفتگو اور قرار داد سنی جب اُس کے کانوں تک یہ لفظ پہنچے۔

"کیا کیا جائے، لڑکی جوان ہوگئی۔ مگر یہ باتیں اُس کے کان تک نہ پہنچیں۔ وہ ہے کہاں؟"

تو وہ اپنے کمرے کے دور کے کونے میں چلی گئی اور ایک اخبار جو وہاں پڑا تھا اُٹھا کر دیکھنے لگی۔ ماں نے باہر سے جھانکا اور بملاّ کو لنچ لے جانا یاد دلایا، بملاّ وہ اخبار اور ٹفن کیریَر لے کر اُٹھی اور

باہر چلی گئی۔ بھائیوں کو لنچ دے کر وہ قریب کے کالی مندر میں گئی اور وہاں بیٹھ کر اخبار کے ایک کالم کو غور سے پڑھنے لگی اُس میں ایک ضرورت کا اشتہار تھا:۔

"ضرورت ہے ایک ہندو لیڈی کی جو ایک معزز ہندو خاندان میں بطور لیڈی سکریٹری کے کام کرے گی تنخواہ معقول، مکان، خوراک اور پوشاک علاوہ۔ انگریزی کی واقفیت لازمی درخواست کرنے والے نیچے کے پتہ پر اصالتاً ملاقات کریں"

بملا سمجھ دار لڑکی تھی اُس کی رائے میں اصابت اور سُرعت کا وصف تھا۔ اُس نے فوراً ہی فیصلہ کرلیا کہ اسے کیا کرنا ہے۔ قریب ہی ڈاک خانہ تھا وہاں سے اُس نے ٹیلیفون پر پوچھا، جواب آیا کہ جگہ ابھی خالی ہے۔ بملا ٹریم میں بیٹھ کر سیدھی اُسی پتہ پر روانہ ہوگئی۔

۲

لیلا۔ تم اپنا پتہ نشان کچھ نہیں بتاتیں۔ نہ کسی سوال کا جواب دیتی ہو۔ پھر یہ کیسے ہوگا؟

بملا۔ آپ ایک لیڈی سکریٹری رکھنا چاہتی ہیں۔ اس عہدے کے لیے جن اوصاف کی ضرورت ہوسکتی ہے اُن کی جانچ کرلیجیے کہ مجھ میں موجود ہیں یا نہیں۔

لیلا۔ انگریزی تم بہت نفیس بولتی ہو۔ تحریر بھی اچھی ہوگی۔ سلیقہ والی معلوم ہوتی ہو۔ لیکن اس کا کیا علاج کہ تم چاہتی ہو کہ تمھیں آسمان کا ٹوٹا ہوا ستارہ سمجھ لیں اور تمھاری نسبت کچھ نہ پوچھیں۔

بملا۔ مجھے افسوس ہے کہ صورت کچھ ایسی ہی ہے۔

لیلا۔ مجھے افسوس ہے کہ میں ایسی عورت کو اپنے پاس نہیں رکھ سکتی جو اپنی نسبت کچھ نہ بتاسکے۔ اچھا تنخواہ کیا لوگی؟

بملا۔ جو آپ دینا چاہیں۔ یہ آپ کی مرضی پر ہے۔

لیلا۔ میری سمجھ میں کچھ نہیں آتا۔ تم اُس کمرے میں

ٹھہرو، میرے بھائی تھوڑی دیر میں آتے ہوں گے
ان سے دریافت کر کے بتاؤں گی۔

سیوک رام۔ پھر ہمیں اس سے کیا کہ اُس کا باپ کون تھا اور ماں کس گھر کی لڑکی ہے۔ انگریزی کہتی ہو خوب جانتی ہے۔ انگریزی اسکول کی پڑھی معلوم ہوتی ہے۔ یہی تو تم نے کہا۔ تنخواہ پر وہ جھگڑتی نہیں۔ لیلا! میرے خیال میں یہ لڑکی بڑی شریف ہے۔ اگر وہ یوں ہی کوئی نام لے دیتی تو کیا سارے بنگال میں تلاش کرتیں کہ اُس کا باپ کون اور کہاں ہے۔ وہ جھوٹ بولنا نہیں چاہتی اس لیے اُس نے صاف انکار کر دیا۔ لیلا! اُس کو رکھ لو۔ دیکھا نہیں اب تک جتنی آئیں سب نے اپنے تئیں سر آشو توش اور رِش بہاری گھوش کے موسیرے اور چچیرے بھائی کی بیٹی بھتیجی ہی بتایا۔ وہ سب جھوٹ بول گئیں۔ کیا تم نے اُسے واپس کر دیا؟

لیلا۔ تمہارے انتظار میں وہاں اُس کمرے میں ٹھہرا رکھا ہے۔

سیوک۔ میں اُسے دیکھتا ہوں۔

بملا۔ سب سے پہلے نہایت ادب سے یہ گزارش ہے کہ میری اور میرے خاندان کی نسبت کوئی سوال نہ کیا جائے۔ اُنھیں تو مایوسی ہوئی تھی۔ مجھے خوف ہے (مسکرا کر) آپ کو جواب نہ پاکر غصّہ نہ آجائے کیونکہ آپ مرد ہیں۔

سیوک۔ وہ تو میری بہن کا پھوہڑپن تھا جو اُس بات پر اُلجھیں۔ اب آپ سے ویسا سوال نہیں ہوگا لیکن جن کے ساتھ آپ کو رہنا ہے اُن کی نسبت معلوم ہونا چاہیے۔ میری بہن اور میں دُنیا میں اکیلے ہیں اور خود مختار۔ اُس کی یہ حالت مجبوری سے ہوئی۔ ہم پنجاب کے معمولی زمیندار ہیں۔ آج رات کو ہم الہ آباد جا رہے ہیں وہاں سے لیلا اور کئی جگہ جائے گی مگر میں پنجاب چلا جاؤں گا اور سارا بوجھ آپ پر آپڑے گا۔

بملا۔ یہ پروگرام مناسب ہے۔ بتائیے مجھے کیا کیا کام

کرنا ہوگا؟

سیوک ۔ بس لیلا کے ساتھ رہنا۔ وہ معمولی ملازموں ہی کو بہت کم حکم دیا کرتی ہے۔ آپ کی حیثیت تو اُس کی سہیلی کی ہوگی۔ اب پہلے ہم کھانا کھائیں گے پھر لیلا آپ سے دو چار چٹھیاں لکھوائے گی، پھر کلکتہ کی کچھ چیزیں خریدنے کے لیے ہم بازار جائیں گے۔ چلیے کھانا میز پر ہے۔

لیلا۔ وہ چٹھیاں لکھ لیں؟

بملا۔ جی ہاں۔ دیکھ کر دستخط فرما دیجیے۔

لیلا ۔ آپ کا خط کتنا پیارا ہے اور انگریزی کیسی ستھری۔ بھائی (سیوک آتا ہے) تمھیں اپنی انگریزی کا بڑا گھمنڈ ہے۔ دیکھو انگریزی اسے کہتے ہیں۔

سیوک نے سب چٹھیوں پر نظر ڈالی دو لفافے اجنبی ناموں کے تھے اگرچہ اُس نے اپنی جبلّی خوش خلقی سے بملا کی نسبت پوچھ گچھ کا سلسلہ بند کر دیا تھا لیکن اُسے ٹوہ ضرور تھی۔ بہن سے بولا:۔

ستیوک۔ ہمیں کیوں نہ یہ چھٹیاں پوسٹ کر دیں باہر تو جا ہی رہے ہیں (بملا سے) آپ یہیں رہیں۔

بملا نے بے خیالی میں وہ تمام خط جن میں دو اُس کے بھی تھے ستیوک رام کو دے دیے۔ وہ اور لیلا چلے گئے۔ یہ واقعات کلکتہ کے ایک بڑے ہوٹل میں ہوئے۔ ہال میں لیٹر بکس تھا۔ ستیوک نے دو کے سوا سب چھٹیاں اُس میں ڈال دیں۔ لیلا بولی "یہ دو خط کیوں رکھ لیے ہیں۔ انھیں بھی ڈال دو" اُس نے اس کا کچھ جواب نہ دیا اور ایک ٹیکسی منگا کر شوفر کو حکم دیا "جنرل پوسٹ آفس" ٹیکسی کے پہیے گھومتے ہی ستیوک نے اُن دونوں خطوں سے ایک کو نکالا۔ وہ بند نہیں کیا گیا تھا۔ چونکہ کئی خطوں پر لیلا کے دستخط کرانے تھے اُن کے دھوکے میں بملا اپنے خط بھی بند کرنے بھول گئی۔ ستیوک نے کانپتے ہوئے ہاتھوں سے اُس لفافے میں سے خط کا کاغذ نکالا۔ جس کا مضمون یہ تھا:۔

"ایشور سمان پتا جی۔

مجھے پورے طور پر معلوم ہو گیا کہ میری وجہ سے

سارے خاندان پر تباہی آنے والی ہے اور یہ مجھے منظور نہیں۔ اس لیے میں اپنے تئیں گم کرتی ہوں۔ ماتاجی کو اور آپ کو جو صدمہ میرے اس طرح چلے جانے سے ہوگا اُس کا مجھے سخت قلق ہے۔ میں آپ سوسائٹی کے ظلم کا شکار ہیں۔ سینہ لتا کا نام پوچھتے ہوئے میں آتم گھات کو بُرا سمجھتی ہوں۔ پرمیشور مجھے نیک ہاتھوں میں ڈالے گا کیونکہ میرا ارادہ نیک ہے۔ جب موقع آئے گا میں آپ کو لکھوں گی۔ ماتاجی کو ڈھارس دیجیے اور بھائیوں کو کچھ کہہ کر پھسلا لیجیے گا۔

آپ کی بدقسمت۔ بملا۔"

بہن نے کئی دفعہ پوچھا کہ کیا ہے۔ کس کا خط ہے ؟ مگر بھائی کے چہرے پر ایک رنگ آتا اور ایک جاتا تھا۔ کبھی منہ فق ہو جاتا اور کبھی لال انگارا۔ جیسا سخت غصے میں ہوتا ہے اُس نے وہ خط بہن کو دے دیا پھر دوسرا خط ہاتھ میں لے کر سوچتا رہا۔ آخر اُسے پڑھے بغیر ہی بند کر دیا۔ لیلا نے خط ختم کر کے ایک آہ بھری اور بولی۔

لیلا۔ میں کہتی ہوں عورت ذات پر اس قسم کے ظلم کب تک ہوتے رہیں گے ؟

سیوک۔ میں کہتا ہوں اتنے تعلیم یافتہ ہونے کے باوجود بنگالیوں کو یہ کیا پھٹکار ہے !

لیلا۔ اور لڑکا جو تعلیم پا چکا ہے چپ چاپ تماشا دیکھ رہا ہے۔ اب کھلا کہ وہ گمنام رہنا کیوں چاہتی تھی۔ ہائے ! ہمارے پاس نہ پہنچتی تو نہ جانے بیچاری کا کیا ہوتا۔ بھائی وہ ہماری۔ کسی کی نوکر نہیں میری بھتیجی ہے۔ اس کا لحاظ رہے۔

سیوک۔ خیر یہ اچھا ہوا۔ اس میں چوری کہاں کی آئی۔ میں پہلے ہی بھانپ گیا تھا اس لیے یہ خط ہوٹل کے ڈاک خانے میں نہیں ڈالے کہ روانگی کی جگہ کا پتہ نہ چلے۔ یہ دیکھو دوسرا خط۔ یہ لیڈی ہمارے کشنا بابو کی بہن یا بھتیجی معلوم ہوتی ہے۔

لیلا۔ سب سے پہلے اُس کے لیے کپڑے خریدوں گی۔ قریب قریب میرے ہی تو قد اور بدن کی ہے۔

سیوک۔ ایک انگریزی سفری جوڑا بھی خریدنا۔ کیونکہ وہ

کلکتہ سے چپ چاپ نکل بھاگنا چاہتی ہے اور میں
کشنا بابو کو جا کر جس طرح بن پڑے روکتا ہوں کہ
ہم کو اسٹیشن پر رخصت کرنے نہ آئیں۔

سیتوک - یہ حلیہ ہے۔ اُس کی ساڑھی کا حاشیہ کالا یا نیلا
تو نہیں تھا؟

کشنا - ہاں، ہاں؛ ایسا ہی تھا دور سے کالا معلوم ہوتا ہوگا۔
تم نے اُسے دیکھا کہاں؟
سیتوک نے سگریٹ سلگایا اور اُس کے دھوئیں کی
طرف دیکھ کر سوچنے لگا۔ یا کم سے کم ایسا ظاہر کیا۔

کشنا - کیا واہیات ہے۔ بھئی بات کا جواب دو۔

سیتوک - میں سوچ رہا تھا کہ اُسے کہاں دیکھا۔ ہاں ٹھیک۔
بوٹینیکل گارڈن میں۔ وہ ایک فیملی کے ساتھ تھی۔

کشنا - اُن میں سے کسی کا حلیہ بتا سکتے ہو۔

سیتوک - (سنجیدگی سے) میں تمھاری خفیہ پولیس کا آنریری
افسر تو ہوں نہیں۔ وہ ایک بارہ برس کی لڑکی کی
اُنگلی پکڑے تھی اور اُسے کچھ بتاتی جاتی تھی۔ غالباً

اُس کی گورنس ہوگی ۔ ایک جگہ اُن لوگوں نے چائے
پی اور اُسے بھی باصرار پلائی ۔ یہ لوگ بہت معزز
معلوم ہوتے تھے ۔ اگر وہ لڑکی یہی تھی جس کی تلاش
ہے تو اطمینان رکھیے کہ وہ بہت اچھے ہاتھوں میں ہے۔

کشنا۔ تھینک یُو۔ سیتوک ۔ میں ابھی بوٹینیکل گارڈن جا رہا
ہوں ۔ تمھاری ہمشیرہ اور تم سے معافی چاہتا ہوں کہ
میں شام کو ہوڑہ اسٹیشن پر تم لوگوں کو رخصت کرنے
کو نہ آسکوں گا ۔

سیتوک۔ کچھ مضائقہ نہیں ۔ اور دو مہینے میں تو تم پنجاب
آؤ ہی گے، کشمیر کا پروگرام یاد ہے نا ۔

۳

بملا۔ آخر آپ کی بہن کب آئیں گی ؟

سیتوک۔ کل ہی آ جائیں یا پندرہ دن میں ۔

بملا۔ میں نہیں سمجھ سکتی کہ میں کس کی خدمت کے لیے
یہاں ہوں ۔ آپ کی بہن کوئی کام ہی نہیں لیتیں۔

سیتوک۔ آپ کسی کی خدمت کے لیے نہیں ہیں۔

بملا۔ یعنی میں اس وقت سے اپنے تئیں آزاد سمجھوں

شاید آپ کو معلوم ہو کہ قیدی جب اپنی قید بھگت
چکتا ہے تو گورنمنٹ اُسے اُس کے گھر کے قریب تک
پہنچا دیتی ہے۔ اور آپ ان پہاڑوں میں مجھے آزاد کر رہے ہیں۔
سیتوک (گہری خاموشی کے بعد) بملا جی آپ میرا مطلب اُلٹا سمجھیں۔
بملا۔ تو مہربانی سے آپ اپنے لفظوں کا سیدھا مطلب سمجھانے کی تکلیف گوارا کیجیے۔
سیتوک۔ کیا عرض کیا جائے۔
بملا۔ عرض کرنے کا منصب میرا ہے۔ آپ حکم دیجیے کہ
یہ سارا سامان کس کے سپرد کروں۔
سیتوک۔ میں یہ کہنا چاہتا تھا کہ ہمارا ملنا ایسی صورتوں
میں ہوا ہے کہ شرافت زبان کھولنے کی اجازت
نہیں دیتی۔
بملا۔ بہت معمولی صورتوں میں ہمارا ملنا ہوا۔ ایک اشتہار
کے جواب میں میں حاضر ہوئی۔ مجھے نوکر رکھ لیا گیا۔
خیر، مجھے معلوم ہونا چاہیے کہ کس تاریخ سے میری
خدمات کی ضرورت نہیں۔
سیتوک۔ آپ ملازمت اور خدمات کا نام بار بار لیتی ہیں
مجھ کو اس کا خیال تک نہیں۔

بملا۔ پھر آخر آپ لوگوں کا کیا خیال ہے؟

سیوک۔ آپ سمجھیں گی کہ میں اپنی پوزیشن کا ناواجب فائدہ اُٹھانا چاہتا ہوں اگر میں یہ کہوں کہ......

بملا۔ ہاں، ہاں، فرمائیے، میں آپ کو پورا جنٹلمین سمجھتی ہوں۔

سیوک۔ کہ۔ کہ۔ میری بہن کی دلی تمنا ہے کہ آپ ان کی بھاوج بنتیں!

بملا۔ میں جانتی ہوں کہ مفلسی عیب نہیں۔ مسٹر رام اس بات میں ضرور میں اپنی ہتک سمجھتی اگر میرے ساتھ آپ کا سلوک ایسا شریفانہ اور ہمدردی کا نہ رہا ہوتا۔ لیکن مجھے یہ سُن کر ہنسی آتی ہے کہ آپ کو میری نسبت کچھ بھی معلوم نہیں اور پھر آپ کی بہن کی یہ خواہش ہے۔ جناب نہ تو میں فنِ ظرافت ہی کی ماہر ہوں اور نہ مجھے وہ پسند ہے۔

سیوک۔ بملا! تم یقین جانو کہ میں تم کو اپنے سے بہت اعلیٰ سمجھتا ہوں، جبھی یہ بات میری زبان پر آئی،

ہم دونوں ہندوستانی ہیں۔ اپنے دلی خیالات
کا اظہار ہماری زبانوں سے نہیں ہو سکتا۔ تم نہیں
جانتیں کہ تمہارے انکار کا کیا نتیجہ ہوگا۔
بملا۔ کیا ہوگا ؟ کیا ہوگا ؟ مجھے صرف آپ کی بہن
کا انتظار ہے۔
سیوک۔ تم کو اپنی طاقت کا غلط اندازہ ہے۔ کیا مجھیں
آب دیدہ چھوڑ کر تمہارا قدم اُٹھ سکے گا، ہرگز
نہیں۔ بملا! تم نہیں جانتیں کہ کس کس پر ستم
توڑ رہی ہو۔
بملا۔ (تیزی سے) کس پر ؟ کیا ستم توڑا
میں نے ؟
سیوک۔ سب سے پہلے اپنے آپ پر۔ تمہاری پاکبازی
اور معصومیت اتنی بڑھی ہوئی ہے کہ تم کو اپنے
دل کی خبر نہیں۔
بملا۔ (بات کاٹ کر) جی۔ آپ کو میرے دل کی خبر
ہے۔ میرے دل دار ہیں نا۔ ہاں اور کس پر؟
سیوک۔ پھر میری بہن پر۔ جو میری شادی سے پہلے

دلہن بننے کو تیار نہیں۔ پھر اُس شخص پر جو اتنے عرصہ سے صبر کے ساتھ اُس کا انتظار کر رہا ہے۔

اور ــــــ

بملا۔ جی۔ اور چوتھے کون صاحب ہیں جو میرے مظلوم ہیں؟

سیوک۔ اُس کی زبان یاری نہیں دیتی کہ وہ اپنا نام لے سکے۔

یہ کہتے ہوئے سیوک دونوں ہاتھ اُٹھائے بملا کے قدموں پر گر گیا۔ بملا کے چہرے پر سُرخی دَوڑ گئی اُس کی آنکھوں میں سُرخ ڈورے لہریں مارنے لگے۔ پلکوں نے اس انتہائی غمازی پر گھونگھٹ ڈالنا چاہا۔ اُس کے گرم گرم کپکپاتے ہاتھ بڑھے جن کے سہارے اُس کا حریف اور سچا سیوک اُس کے برابر صوفے پر آکر بیٹھ گیا۔

بملا۔ میں نہیں کہہ سکتی کہ پتاجی ہمارے اس رشتے کو کس نظر سے دیکھیں گے۔

بملا اور سیوک رام شالامار باغ میں اُس جگہ ہاتھ میں ہاتھ دیے کھڑے تھے جہاں مؤرّ نے لالہ رُخ کی شادی رچائی ہے۔ جب بملا کی زبان سے وہ لفظ نکلے۔ اُن کے ختم ہوتے ہی پیچھے سے کسی نے بنگلہ زبان میں کہا :-

"کوئی ڈر نہیں۔ ہری بابو نے منظوری دے دی ہے۔"

دونوں نے گردن موڑی تو کیا دیکھتے ہیں کہ لیلا اور کشنا بابو۔ اُن کے پیچھے کھڑے مسکرا رہے ہیں۔ کشنا بابو نے آگے بڑھ کر کہا :-

کشنا۔ رسم پرستی کی ضرورت نہیں، یہ دو طرفہ مبارکباد کا موقع ہے۔ مجھے بملا سے یہ کہنا ہے کہ ہری بابو سب خاندان سمیت لاہور آ رہے ہیں وہ خود دونوں شادیاں کریں گے اور میں نے تار دے دیا ہے کہ روہنی کو بھی ساتھ لائیں۔ اُسے بملا کو دلہن بنی ہوئی دیکھنے کی بڑی

آرزو ہے۔

بملا۔ جھپٹ کر لیلا سے لپٹ گئی اور آہستہ آہستہ اُسے چٹکیاں لے کر کہنے لگی :-

"تم بڑی وہ ہو، یہ سب تمھاری اور کشنا بابو کی سازش ہے"

پاربتی دیوی

۱

ڈاکٹر سُندر لال ۔ بی بی ! تم پہاڑ میں اکیلی کیا کر رہی ہو ۔ یہ جگہ بہت خطرناک ہے ۔

پاربتی نے چونک کر گردن موڑی اور دیکھا کہ ایک جوان خوبصورت آدمی شکاری کپڑے پہنے ہاتھ میں بندوق لیے سامنے کھڑا ہے ۔ وہ چپ رہی ۔ اُس اجنبی شخص نے پھر کہا ۔

سُندر ۔ ابھی کل ہی میں نے اسی جگہ ایک ریچھ مارا ہے ۔ چیتا بھی اِس جگہ پڑتا ہے ۔ آپ یہاں کیوں بیٹھی ہیں ۔ یہاں سے چلی جائیے ۔

پاربتی۔ میں یہاں سے کہیں نہیں جا سکتی!
میرا ٹھکانا ——

سُندر لال کو سخت حیرت ہی نہیں ہوئی جب اُس جوان اور نہایت حسین لیڈی کی زبان سے وہ کہے اور نہ کہے ہوئے لفظ سُنے۔ وہ لفظ ایسے اندوہگیں اور سامعہ سوز تھے کہ اُن کے ساتھ سرسری سلوک غیر ممکن تھا۔ سندر لال اپنی رائفل کا کندہ پتھر پر ٹکا کر نہایت غور سے اُسے دیکھنے لگا۔

سُندر۔ میں پھر عرض کرتا ہوں کہ اِس مقام پر بہت خطرہ ہے۔

پاربتی۔ اور میں اب صاف عرض کرتی ہوں کہ میں نہیں جانتی کہاں جاؤں!

سُندر۔ کیا میں دریافت کر سکتا ہوں کہ آپ اِس پہاڑ پر کیونکر پہنچیں۔

پاربتی۔ اِس کا جواب یہ ہے کہ یہاں مجھے وہ لوگ چھوڑ گئے ہیں جو دنیا میں عزیز اور نگہبان سمجھے جاتے ہیں۔ اِس سے آگے اپنی نسبت کچھ نہیں کہہ سکتی۔ خطرے کا نام کئی بار لیا گیا ہے —— میں زندگی سے ——

شُشدر ۔ (کئی منٹ کے تامّل کے بعد)
اطمینان رکھیے ۔ اب کوئی سوال نہیں ہوگا۔ اور اجازت دیجیے کہ ایک تجویز پیش کروں ۔میں ریاست جموں کے سفری شفاخانہ کا ڈاکٹر ہوں ۔کل میرا کمپ اِس پہاڑ کے نیچے پہنچا ۔پہنچتے ہی خبر ملی یہاں سے اوپر اُس گھر میں ایک آدمی زخمی پڑا ہے۔ جسے ریچھ نے بھنبوڑ ڈالا ہے۔میں فوراً اُوپر آیا اور عین اس جگہ جہاں آپ بیٹھی ہیں ریچھ کو بیٹھا دیکھا جو اپنے پنجے چاٹ رہا تھا۔ اُس کو وہیں ڈھیر کرکے میں اوپر پہنچا ۔ بیمار کی حالت بہت خراب تھی ۔ رات کو مجھے وہیں رہنا پڑا۔ اب اُس کے بچنے کی اُمید ہوئی ہے ۔ یہ کہانی اس لیے سُنائی کہ یہ پہاڑ بہت خطرناک ہے ۔میرا دَورہ دو مہینے کا ہے۔ میرا گھر یہاں سے بہت دُور نہیں ۔ وہاں صرف ایک بڑھیا نوکرانی ہے ۔ اگر آپ کو اعتراض نہ ہو تو میری واپسی تک آپ وہاں ٹھہریں ۔ پھر جہاں آپ کہیں گی آپ کو پہنچا دیا جائیگا ٹھہرئیے۔ دنیا بہت بری ہے ۔ اور پھر راہ چلتے کی بات کا اعتبار کیا۔ یقین جانیے اگر آپ کی جگہ ایک سات برس کا لڑکا ہوتا تو میں اُس کے لیے بھی یہی تجویز

کرتا۔ آپ کی خودداری اور آزادی کی کفالت میں اپنے ذمّے لیتا ہوں :-

پاربتی نے تجسس کی ایک نظر ڈاکٹر پر ڈالی۔ اور چپ چاپ کھڑی ہو گئی۔ ڈاکٹر اور وہ پہاڑ سے نیچے اترے ہی تھے کہ ایک لاری کشمیر کی طرف سے آتی دیکھی۔ ڈاکٹر نے اُسے رُوکا اور اپنے ملازم کو کیمپ سے بلا کر کہا۔ " ان کو گھر چھوڑ کر فوراً واپس آجاؤ"۔ اسی وقت کمپونڈر نے آکر کہا۔ " وہ انگلیوں والا بیمار آگیا ہے جو کل پچھلے کیمپ میں آیا تھا"۔ یہ سنتے ہی ڈاکٹر اُدھر چل دیا۔ اور ادھر لاری کے پہیوں نے اپنا چرخا شروع کیا۔

جس طرح گنجاہ پنجاب کے حسن آفریں قطعوں میں مشہور ہے۔ اسی طرح یہ اس صوبہ جموں میں حسن و خوبی میں سرنام ہے۔ سُندر لال نہایت جمیل اور وجیہ تھا۔ اس کی عمر تو مشکل سے پچیس سال ہو گی مگر ابھی ایک سال سے کچھ زیادہ ہوا کہ وہ اس بستی دنیا میں اکیلا رہ گیا تھا۔ اُس کا دل وقت سے پہلے ہی اُجڑ گیا تھا۔ ایک تو بیوی کا غم اور پھر اس کی سدا کی غیر حاضر طبیعت وہ اکثر بیٹھے بیٹھے اور بولتے چالتے

غائب ہو جایا کرتا۔ ویسے تو وہ صرف سب اسسٹنٹ سرجن تھا۔ مگر جو ڈاکٹری اُس نے پڑھی تھی وہ اپنے دماغ میں جذب کی ہوئی تھی۔ مریضوں سے جو وقت بچتا وہ انھیں کی تکلیفوں کے متعلق سوچ بچار اور مطالعہ میں صرف ہوتا۔ پھر جو اُس نے نوکر کو نہ خرچ کے لیے روپیے دیے نہ گھر کے کسی کمرے کی کنجی تو ذرا تعجب کی بات نہیں اور شاید یہ دونوں ضروری کام وہ کر گزرتا اگر کمپونڈر عین تنت پر نہ آگیا ہوتا۔

پاربتی جب ریاسی پہنچی تو دیکھا کہ ڈاکٹر کے گھر میں صرف ایک کوٹھری اور باورچی خانہ کھلا ہے۔ باقی سارے کمرے مقفل۔ اور گھر میں صرف ایک بڑھیا نوکرانی۔ اُسے گھر میں چھوڑ کر نوکر جو ساتھ آیا تھا۔ باہر چلا گیا۔ اور تھوڑی دیر میں واپس آکر کہا "میں جا رہا ہوں۔ ڈاکٹر صاحب سے کچھ کہنا ہے؟" پاربتی نے جواب دیا۔ "کچھ نہیں" اور دو روپے اُسے واپسی کے کرایہ کو دیے۔ بڑھیا دیر تک پاربتی کو کن انکھیوں سے دیکھا کی۔ آخر بولی۔ "بی بی۔ یہاں تو سارا گھر بند پڑا ہے۔ تم کنجیاں کیوں نہ لیتی آئیں۔ کوئی کھٹیا بھی نہیں ہے!" پاربتی نے کہا:۔ "کچھ جنتا نہیں۔ وہ تخت جو دالان میں پڑا ہے

بہت ہے۔" رات کو کھانے کے وقت بڑھیا نے دو مچنک اور کسر ڈر کا ساگ لاکر پاربتی کو دیا۔ ساگ تو وہ کیا کھاتی۔ ایک روٹی اُس نے نمک کے ساتھ کھالی۔ مگر پھر اسے بڑھیا کا ماحضر تناول فرمانے کا اتفاق نہیں ہوا۔ کیونکہ اگلے دن سویرے ہی بڑھیا کا داماد اسے اپنے ساتھ لے گیا جس کی بیوی بہت بیمار تھی۔

پاربتی کے پاس کچھ روپیہ اور ہیرے کی ایک انگوٹھی تھی۔ روپیے تو لاری اور ٹٹو کے کرایے میں ختم ہوگئے۔ اب اس کے پاس بس وہ انگوٹھی رہ گئی اور بدن کے کپڑے۔ بڑھیا اپنی کوٹھری میں تالا لگاکر ایسی گھبراہٹ میں گئی تھی کہ اس بیکس مہمان کا اُسے خیال تک نہ آیا۔ اُسے ایک فائدہ بڑھیا کی سراسیمگی نے ضرور پہنچایا وہ اپنی ایک لٹیا اندر بند کرنی بھول گئی۔ رسوئی بے شک کھلی تھی۔ جس میں مٹی کے دو تین گھڑوں کے سوا کچھ نہ تھا۔ کہاری اور حلال خوری روز سویرے آتیں اور اپنا کام کرکے چپ چاپ چلی جاتیں۔

پورے تین دن اِس بیکسی اور فاقہ کشی میں بیت گئے۔ بھوک بہت ستاتی تو پاربتی دو گھونٹ پانی پی لیتی اور رات کو

اس ننگے کھردرے تخت پر پڑ رہتی۔ چوتھے دن حلال خوری اپنا کام کرکے آنگن میں کھڑی ہوگئی۔ پاربتی سمجھی کچھ کہنا چاہتی ہے پوچھا کیا بات ہے؟ اس نے کہا بی بی تین دن کی روٹی نہیں ملی۔ جواب ملا فکر نہ کر۔ سب دنوں کی اکٹھی مل جائیگی۔ بی مہترانی دیکھتی تھی۔ اتنے دنوں سے چولھا ٹھنڈا پڑا ہے۔ یہ سوال اس نے صرف جانچنے کو کیا تھا۔ وہاں سے تو وہ چپکی چلی گئی۔ مگر پڑوس کے گھر جاکر جو اس کی ججمانی میں تھا اُس نے سب کچھ کہہ سنایا۔ اس کے بیان میں بدنما وہم اور قیاس کے ساتھ ہمدردی کا سوز بھی تھا۔ وہ گھر پنجابیوں کا تھا۔ اس کا مالک منصفی میں سررشتہ دار اور سندر لال کا دوست تھا مالکنی جس کا نام سرسوتی تھا۔ سندر لال کی بہن کی پیاری سہیلی تھی۔ مہترانی سے یہ بھی معلوم ہوا کہ ڈاکٹر کا نوکر سائینداس اس بی بی کو چھوڑ گیا ہے۔ جو اس نے بڑھیا سے سُنا تھا۔ آخر سرسوتی پاربتی کو دیکھنے آئے بغیر نہ رہ سکی۔

پاربتی۔ اگر تم کسی سوال کا جواب نہ مانگو اور آگے کو میری نسبت کوئی بات نہ پوچھو۔ یہ بہت نرالی

درخواست ہے۔ تو میں تمھاری مہربانی سے فائدہ اُٹھاسکتی ہوں۔

سرسوتی۔ معاف کرو۔ اب میں کوئی بات نہ پوچھونگی۔ بتاؤ کیا سیوا بتاتی ہو؟

پاربتی نے وہ ہیرے کی انگوٹھی جو اس نے اپنی اُنگلی سے اُتار کر جیب میں رکھ لی تھی سرسوتی کو دے کر کہا۔ "اگر تم مجھے رحم اور ترس کے قابل سمجھتی ہو تو یہ میری انگوٹھی بکوادو۔ مجھے یاد ہے یہ کہاں سے اور کتنے میں خریدی گئی تھی۔ لیکن بی بی جی۔ ضرورت کے وقت کسی چیز کے مناسب دام نہیں اُٹھا کرتے۔"

سرسوتی وہ انگوٹھی لے کر چلی گئی۔ اُس کے خاوند کو جواہرات کی آنکھ تھی اُس نے تین سو کی آنکی۔ شام کو سرسوتی ایک سو روپیہ اور ایک تھال کھانے کا لے کر آئی۔ وہ تڑپ اُٹھی یہ دیکھ کر کہ کس بیتابی اور ندیدہ پن سے وہ تھال صاف ہوا۔ پاربتی نے سرسوتی کی طرف ڈبڈبائی آنکھوں سے دیکھا اور ہونٹوں تک آئی ہوئی آہ کو ضبط کر کے کہا:۔ "آپ نے بڑی کرپا کی۔ آپ کا احسان کبھی نہ بھولوں گی۔

جہاں اِتنی مہربانی کی ہے ایک تکلیف اور اُٹھائیے۔ کھانے اور پکانے کے دو چار برتن۔ تھوڑا رسد کا سامان۔ آٹھ دس گز کھدر۔ سوئی۔ تاگا اور قینچی۔ یہ چیزیں منگوا دیجیے معمولی سلائی کا کام میں کر سکتی ہوں۔ اس کا بھی انتظام ہو سکے۔ تو بہت اچھا۔ مگر کسی کو خبر نہ ہو کہ وہ کام کہاں ہوا۔

یہ کہہ کر پاربتی نے پچاس روپیہ گن کر سرسوتی کو واپس کیے کہ وہ اپنے پاس امانت رکھ چھوڑے اور باقیوں میں سے پندرہ روپیے اس خرید کے لیے دیے۔

۲

اول روز کے واقعے کے دو نہیں ڈھائی مہینے بعد سندرلال شام کے قریب ریاسی واپس آیا۔ جب سے بیوی مری تھی وہ گھر کے اندر بہت کم جایا کرتا تھا۔ باہر مردانے میں جدا صحن اور دو کمرے تھے وہیں رہا کرتا تھا۔ آج آتے ہی اُس نے پہلے اپنے دورے کی رپورٹ ختم کی۔ اب شام ہو چکی تھی۔ نوکر کھانا لایا۔ تھال میں بہت سے کٹورے تھے اور سب کھانے نہایت لذیذ۔ مگر گم شم سندرلال کو موہن بھوگ اور سانی برابر تھے۔ اپنے فن اور مریضوں کے سوا کوئی بات

اُس کے ذہن میں کم جاگزیں ہو سکتی تھی۔ تھال اُٹھاتے اُٹھاتے دو کٹورے داسا سے فرش پر گرے۔ ان کی جھنکار گویا اُسے ہوش میں لائی اور اسے یاد پڑا کہ کھانے میں غیر معمولی اور نفیس چیزیں تھیں۔

سندرلال۔ یہ کھانا تو بہت اچھا تھا کس نے بنایا؟ بڑھیا نے!

داسا۔ مہاراج! بی بی نے بنایا ہے۔

سندر۔ بی بی! کیا کہتے ہو؟ کیا رکھمن بی بی آئی ہے!

داسا۔ رکھمن بی بی نہیں۔ مہاراج! وہ بی بی جو اُس دن کئی مہینے ہوئے آپ کے ساتھ پہاڑ سے اُتری تھی، اور جسے آپ نے میرے ساتھ یہاں بھیجا تھا۔

سندر۔ کیا تم کو کنجیاں ہم نے نہیں دی تھیں؟

داسا۔ (شاکیانہ لہجے میں) کہاں دیں۔ لاری اور ٹٹو کا کرایہ بی بی نے دیا۔ دو روپے کرایہ کے لیے چلتے ہوئے مجھے اور دیے یہ برتن بھی ہمارے نہیں۔ دیکھیے

سب نئے ہیں۔

سُندر۔ بڑھیا کو بُلاؤ۔

داسا۔ وہ یہاں نہیں ہے۔ جس دن بی بی یہاں پہنچی تھی اُس کے اگلے دن ہی وہ اپنی بیٹی کو دیکھنے چلی گئی تھی۔

سُندرلال نے سخت تاسف کے جذبہ میں اپنے ہونٹ کاٹے۔ میز پر کئی بار ہاتھ دے مارا۔ یہ لفظ بے ساختہ اُس کی زبان پر آئے۔ "واہ یہ بھی خاصی مہمانی ہوئی۔ گھر سارا بند۔ اناج کا دانہ تک ندارد، پیسے ٹکے کا ذکر ہی کیا۔ گھر میں آدمی نہ آدم زاد۔ اس سے تو لاکھ درجے اچھا تھا۔ اس بیچاری کو ریچھ کا کھاجا بننے کے لیے وہیں چھوڑ آتا۔"

داسا اس بڑبڑاہٹ کے وقت برتن لے کر چلا گیا تھا۔ سُندرلال نے اُسے بلا کر کنجیوں کا گچھا اور سو روپیے کے نوٹ دے کر کہا کہ بی بی کو روز کے خرچ کے لیے دے آئے۔ اس نے وہ چیزیں واپس لا کر کہا "وہ کہتی ہیں روپیے ابھی ہیں۔ جب ضرورت ہوگی منگوا لیے جائیں گے اور کنجیوں کا رات کو کیا کرنا ہے۔"

ذرا سا اِدھر اُدھر کام کاج میں لگ گیا اور سُندر اس نئے خلجان میں سراسیمگی کا شکار تھا کہ سرسوتی کا شوہر آیا اس کے ہاتھ میں ٹین کی ایک چھوٹی سی ڈبیا تھی۔ اُس نے اپنی تقریر یوں ختم کی۔

بھائی ڈاکٹر۔ لوگ بھاگی ہوئی بیویوں کو گھر میں لے آتے ہیں۔ اُدھال بھی رکھتے ہیں۔ مگر ایسا تو کوئی نہیں کرتا جو سلوک تم نے کیا۔ گویا اتنے مہینے قید تنہائی کی سزا دی گئی۔ ایسا بھی کیا ہے۔ کاکے کی ماں کہتی تھی وہ تو دیوی ہے۔ دن بھر سلائی کا کام کیا کرتی ہے (ڈبیا ڈاکٹر کے ہاتھ میں دے کر) یہ ہم نے اب تک امانت رکھ چھوڑی تھی۔

وہ تو یہ کہہ کر چلا گیا مگر ڈاکٹر سُندر لال کی سوئی ہوئی فطرت کو جگا گیا۔ اس کی عجیب ڈراؤنی کیفیت تھی۔ کبھی کمرے میں زور زور سے ٹہلتا کبھی دونوں ہاتھوں میں اپنا چہرہ قید کر کے بیٹھ جاتا۔ کبھی اپنے آپ بڑبڑاتا۔ کبھی بت بنا چھت اور دیواروں کی طرف ٹکٹکی باندھ کر دیکھتا۔ کبھی ساری کھڑکیاں اور دروازے بند کر دیتا کبھی کھول دیتا۔ اس نے سب کھڑکیاں اور دروازے بند کر دیے مگر اضطراری

حالت میں داخلہ کے دروازے کا کھٹکا لگا نا رہ گیا۔ اور اپنی بندوق اُٹھا کر کمرے کے کونے میں چلا گیا۔

پاربتی کھانے سے فارغ ہوکر اپنا سینا پرونا لے کر بیٹھی ہی تھی کہ باہر کے کمرے سے فیر کی آواز آئی۔ سینا اُس کے ہاتھ سے چھوٹ پڑا۔ وہ لپک کر سُندر لال کے کمرے میں پہنچی جہاں سے فیر کی آواز آئی تھی کیا دیکھتی ہے کہ سندر لال دونوں پاؤں دیوار سے اڑائے فرش پر بیٹھا ہے۔ بندوق کا کندا دیوار کی جڑ میں چپکا ہوا ہے اور نالی کا مُنہ اُس کی چھاتی پر ہے۔ پاربتی نے جھپٹ کر ایک ہاتھ سے سندر لال کو چت کر دیا اور دوسرا ہاتھ بندوق کی نالی پر ڈال کر اُسے سندر لال کی چھاتی پر سے سرکایا۔ یہ اُس کو نہ سوجھا کہ اُس کے پاؤں کا ایک انگوٹھا رائفل کی لبلبی پر ٹکا ہوا تھا۔ اُن دونوں میں بندوق کے لیے خفیف کشمکش ہو رہی تھی کہ بندوق چل گئی جو پاربتی کو لگی اور وہ دھڑام سے چت گر پڑی۔

۳

گولی پاربتی کی ران میں بیٹھی تھی۔ ہڈی بال بال

بچی۔ مگر خون بدن میں سے بہت نکل گیا۔ غشی کی مدد سے ڈاکٹر سُندر لال کو کامل امتحان کا موقعہ ملا۔ اس نے پورا اطمینان کر لیا کہ گولی صرف گوشت میں سے گزری ہے اُس کی کوئی کرچ بدن کے اندر نہیں رہی۔ داسا پاربتی کے چند منٹ بعد ہی وہاں پہنچا تھا۔ مگر وہ سانحہ کچھ ایسی ڈراونہ سرعت کے ساتھ ہوا کہ اُس وقت پاربتی بیہوشں پڑی تھی۔ ڈاکٹر نے کنجیوں کے ساتھ اسے ایک حکم دیا۔ جتنی دیر اس نے اپنے آقا کے حکم کی تعمیل میں اندر کا بڑا کمرا کھولا۔ اُس کی کھڑکیاں کھولیں ایک پلنگ کو جھاڑ کر اُس پر گدگدا اور ستھرا بستر کیا۔ سارے کمرے کو خوب صاف کیا اور ایک زنانہ ریشمی جوڑا نکال کر پلنگ کے پاس کرسی پر رکھا۔ اتنی دیر میں سندر لال نے پارتی کے زخم کو ڈرسس کیا۔

دورے سے آیا ہوا سٹریچر اور سفری سامان کے ساتھ گھر میں تھا اُس پر مریضہ کو لٹایا گیا۔ ڈاکٹر اور داسا اسے اُٹھا کر اندر لائے۔ پلنگ پر لٹایا۔ اور اب دل اور سانس کا امتحان کر کے ڈاکٹر نے ایک خوراک ہوش میں لانے والی دوا کی بیہوشں پاربتی کے حلق سے اُتاری اور

باہر دالان میں آکر پاربتی کا سامان دیکھنے لگا جو تخت پر رکھا تھا اور نہایت ہی مختصر تھا ایک پوٹلی میں ایک نیا کھدر کا زنانہ جوڑا۔ اور کچھ روپے ایک دھجی میں بندھے ہوئے۔ اور دُھلائی کے صابن کا ایک ٹکڑا۔ دوسری پوٹلی میں مختلف رنگ اور قماش کے زنانے اور بچکانے کپڑے کچھ سلے اور کچھ بیونتے ہوئے۔ باہر ایک سیا جاتا ہوا کپڑا۔ سوئی تاگا اور قینچی۔ یہ چیزیں دیکھ کر اور یہ یاد کرکے کہ غریب پاربتی پر یہ مصیبت اس کی لائی ہوئی ہے۔ اس کا دل بھر آیا آنکھیں ڈبڈبا آئیں۔ وہ اپنا سر پکڑ کے وہیں بیٹھ گیا۔

نہ معلوم وہ کب تک اِس پشیمانی میں بیٹھا رہا کہ مریضہ کی ایک سسکی نے اُسے چونکایا۔ وہ اندر کمرے میں آیا تو دیکھا کہ اس کی آنکھیں کھلی ہیں اور وہ سخت حیرانی سے اپنے اِردگرد دیکھ رہی ہے۔ ڈاکٹر کو دیکھ کر اس کی بھویں ہلیں اور وہ کمرے کی فضا میں نظر جمانے لگی۔ وہ اپنے حافظے کو بیدار کر رہی تھی۔ ڈاکٹر سمجھا جو اس کے ذہن میں گزر رہا تھا اور اسے زیادہ کشمکش سے بچانے کو بولا۔

سندر۔ یہ سب میری غیر حاضر طبیعت اور

غفلت کا ظلم ہے۔ بی بی میں بہت قصور وار۔ گناہ گار ہوں۔
تمھاری طبیعت اب کیسی ہے؟

پاربتی۔ (اب اس کے تیور صاف تھے)
اوہ۔ ہاں! اب مجھے سب یاد آگیا۔ پیاس بہت ہے ڈاکٹر
نے پانی پلایا۔ پاربتی نے دونوں ہاتھ سندر لال کی طرف
بڑھائے۔ اس نے اپنے دونوں ہاتھ اس کے ہاتھوں میں
دیے۔ پاربتی نہایت کمزور آواز میں بولی۔ "آپ نے میری
جان بچائی۔ مجھے آپ سے ایک عہد لینے کا حق ہے۔"

سندر۔ جان میں نے آپ کی بچائی یا۔

پاربتی۔ بحث کی مجھ میں طاقت نہیں۔ کہیے۔

سندر۔ میں وہ عہد قبول کرتا ہوں فرمائیے
وہ کیا ہے؟

پاربتی۔ پھر کبھی آپ ایسا ارادہ نہیں کریں گے۔
اپنی جان لینے کا۔

سندر۔ نہیں کروں گا۔ مگر!

پاربتی۔ وہ بندوق یہاں پٹی کے پاس بستر
کے کنارے کے نیچے رکھ دی جائے۔ اس سے مجھے اطمینان ہوگا۔

پاربتی نے سندر لال کے ہاتھ چھوڑ دیے۔
بندوق اُسی طرح رکھ دی گئی۔ ڈاکٹر نے ایک خوراک دوا
کی اور پلائی اور کہا۔
سُندر۔ آپ اجازت دیں تو آپ کی
پوشاک بدل دیں۔
مگر پاربتی کی آنکھیں جھک پڑیں اور نیند کے
سانس لینے لگی۔

۴

سرسوتی سے سُندر لال کے گھر کا وہ واقعہ کب
چھپا رہتا۔ وہ تو خیریت ہوئی کہ ڈاکٹر کے گھر سے ملتا ہوا
بس اُسی کا گھر تھا۔ فیر کی آواز وہ سنتی ہی سنتی۔ رات بھر
اُسے بھی خلفشار رہا۔ اُس نے خاوند سے کہا کہ ڈاکٹر کے
ہاں جا کر پتا لائیے اُس نے کہا وہ اچھا ہے۔ میں نے ابھی
کھڑکی میں سے دیکھا تھا۔ کپڑا پھاڑ کر پٹیاں بنا رہا تھا۔
مجھ سے یہ جاسوسیاں نہیں بن پڑتیں۔ تم جاؤ۔
وہ خاموش نہیں بیٹھی تھی۔ شام کو ہی اُس
نے اپنی سہیلی یعنی ڈاکٹر کی بہن کو تار دے ہی دیا تھا کہ

"جلدی آکر بھائی کو دیکھو" بھنگن کی رپورٹ۔ داسا کا دو حرفی پرمعنی جواب کہ "ایشر نے دونوں کو بچالیا" وہ سُن چکی تھی وہ عمداً دیر کر رہی تھی۔ آخر تیسرے پہر لمبا سا گھونگٹ نکالے وہ ڈاکٹر کے ہاں آئی۔ وہ اسے آتا دیکھ کر بیمار کے کمرے سے باہر چلا گیا۔ وہ پاربتی کا دھویا ہوا چہرہ دیکھ کر نہایت متاثر ہوئی۔ دلی ہمدردی سے اُس کے ماتھے پر ہاتھ رکھ کر پوچھا "بڑی تکلیف اُٹھائی۔ اب کیسی ہو؟ پاربتی نے یہ جواب دیا تھا۔ "کل گر پڑی تھی۔ ٹانگ کی ہڈی ٹوٹ گئی۔ اور خیریت ہے۔" اس وقت سرسوتی کے بچے نے آکر کہا "پراؤنے (مہمان) آئے ہیں۔ اور وہ "پھر آؤں گی" کہہ کر چلی گئی۔

ڈاکٹر کی بہن رکمن جموں میں بیاہی تھی اُس کا شوہر وہاں وکالت کرتا تھا۔ وہ آتے ہی پہلے سرتی ہی کے گھر پہنچی۔ سرسوتی نے اُن مہینوں میں ڈاکٹر کے جو کچھ دیکھا اور سنا تھا سب کہہ سُنایا۔ داسا نوکر کو بلا کر اُس سے دریافت کیا گیا اور اُس نے جو کچھ اُسے معلوم تھا کہہ ڈالا۔

سرسوتی۔ وہ اصل بات پر پردہ ڈالتی ہے۔

گرنے سے اُس کی ٹانگ نہیں ٹوٹی۔ سُنو فیر دو ہوئے یہ نہیں معلوم وہ کیوں ہوئے۔ ذرا سا کہہ چکا ہے کہ بی بی سے تمہارے بھائی کی بات اُس وقت تک نہیں ہوئی تھی نہ وہ ملے ہی تھے۔ پھر اِس نشانہ بازی کی وجہ میری سمجھ تو نہیں آئی۔

رکھمن۔ میں اُسی سے پوچھوں گی۔ وہ مجھ سے کوئی بات چھپائیگا نہیں۔

سرسوتی۔ (مسکرا کر) ایک بات کا دھیان رکھنا۔ ایسا موقع پھر نہیں ملے گا۔ میں تو جانوں پرمیشر نے تمھیں گھر بیٹھے سب گن والی بھاوج بھیج دی ہے۔

رکھمن آتے ہی بھائی کو لپٹ گئی۔ دونوں کے آنسو نکل پڑے۔ اسے سوال اور جرح کرنے کی نوبت ہی نہ آئی۔ بھائی نے اُس روز پہاڑ کی ملاقات سے آج تک کی کل روداد کہہ سُنائی اور اس کتھا کو اِس طرح ختم کیا۔

سندر۔ وہ کہیں سے بھاگ کر نہیں آئی تھی۔ میری بے خیالی اور بھلکڑ پن تو جانتی ہی ہے۔ مجھے ذرا بھی یاد نہ رہا کہ اُسے گھر بھیجا ہے۔ یہ مہینے اُس نے سلائی کی مزدوری کر کے اور اُس ننگے تخت پر سو کے کاٹے۔

یہ مجھے داسا سے معلوم ہوا۔ مجھے اپنے پر سخت غصہ آیا۔ نہایت غیرت آئی۔ اپنے آپ سے نفرت ہو گئی۔ اُس وحشت میں وہ کام کر بیٹھا۔ دوسری دفعہ میں اپنی بزدلی پر غالب آجاتا کہ اُس بچاری نے آ کر مجھے بچا لیا اور آپ مرتے مرتے بچی۔ اب تک مجھے حوصلہ نہیں ہوا ہے کہ اُس سے معذرت کرتا۔

رکھمن نے بھائی کو پیار کیا۔ اُس کے مُنہ پہ آہستہ سے تھپڑ لگا کر بولی۔

رکھمن۔ تو سدا کا بونگا ہے۔ چل مجھے اُس کے پاس لے چل۔

سُندر۔ چلو (تبسم) مگر اُس کی بغل میں میری بندوق رکھی ہوئی ہے۔

رکھمن (جھجک کر) وہ کس واسطے؟

سُندر۔ یہ میں نہیں بتاؤں گا۔ تو نے مجھے تھپڑ کیوں مارا (تبسم)

سُندر (یہ کہہ کر باہر چلا گیا) یہ میری بہن رکھمن ہے۔

پاربتی نے بڑے بڑے نمسکار کیا۔ رکھمن نے

اُس کے ہاتھ اپنے ہاتھوں میں لے لیے۔ اور کئی منٹ تک ٹکٹکی باندھ کر اُس کے چہرے کو دیکھتی رہی۔

رکھمن۔ کہیے۔ اب طبیعت کیسی ہے۔ یہ ہوا کیا تھا؟

پاربتی۔ کچھ نہیں۔ آنگن میں گر پڑی تھی۔ ٹانگ کی ہڈی ٹوٹ گئی۔ کچھ دنوں میں جڑ جائے گی۔ پہلے سے اچھی ہے۔ ہاں آپ کے بھائی کو میری وجہ سے بہت تکلیف ہے۔

رکھمن نے بستر پر اِدھر اُدھر ہاتھ مار کر دو ایک سلوٹیں نکالیں اور یکایک بندوق پر ہاتھ ڈال دیا۔ اُس پر سے چادر ہٹا دی۔

رکھمن۔ یہ۔ یہ بندوق کیا تم نے بغل میں رکھ چھوڑی ہے؟

پاربتی۔ (مسکرا کر) کہتے ہیں لوہا پاس ہونے سے بیماری جلدی جاتی ہے!

رکھمن (جذبات سے بیتاب ہو کر) تمھارے ٹانگ ٹوٹنے کے اور اس جھوٹ پر لاکھ سچ قربان ہیں! مجھے یقین ہے کہ ساری زندگی میں یہ تمھارا پہلا جھوٹ ہے! خیر

جو ہوا سو ہوا۔ لیکن میرے بھائی نے تمھارے ساتھ بہت بُرا سلوک کیا۔

پاربتی۔ آپ کو صحیح اطلاع نہیں ملی۔ آپ دیکھتی ہیں جس طرح مجھے رکھا ہے۔ اس سے اچھا سلوک کیا ہو سکتا ہے۔ سچ مانیے مجھے ڈاکٹر صاحب سے ذرا بھی شکایت نہیں۔

رکھمن۔ تم اتنی بھلی ہو کہ شکایت تو تم کو ان لوگوں سے بھی نہ ہوگی۔ جو اس روز تم کو پہاڑ کے سناٹے میں اکیلا چھوڑ کر چلے گئے تھے۔ مجھے اس دن سے آج تک کا سب حال معلوم ہے۔

پاربتی کی آنکھوں سے دو موٹے موٹے آنسو گرے۔ وہ ایک منٹ کی خاموشی کے بعد بولی۔

پاربتی۔ آہ۔ یہ سب کچھ آپ سُن چکی ہیں۔ تم سدا سہاگن رہو۔ بی۔ بی جو عورتیں بے وارث ہو جاتی ہیں اُن کی قسمت میں مصیبتیں ہی لکھ دی جاتی ہیں۔ پرمیشر عورت کا جنم نہ دے۔ کمبخت بندوق نے بھی مجھے قبول نہ کیا۔

رکھمن۔ اب تم جھوٹ کی مشق نہ کرو۔ یہ

نیا سبق تمھیں یاد نہیں ہو سکتا۔ بتاؤ یہ بندوق کیوں بغل میں رکھ چھوڑی ہے۔

پاربتی۔ سنیے۔ یہ بندوق اِس لیے یہاں رکھ چھوڑی ہے کہ تمھارا بھائی اِس کے ساتھ پھر کوئی کھیل نہ کر بیٹھے۔

رکھمن نے جھک کر پاربتی کو گلے لگایا اور کان میں کہا۔

رکھمن۔ یہ ڈر فضول ہے۔ اب اُسے ایک جیتی جاگتی گڑیا مل گئی ہے۔

پاربتی نے شرما کر آنکھیں نیچی کر لیں۔

۵

اب پاربتی کا زخم تقریباً بھر چکا ہے۔ پلنگ پر بیٹھنے کی اجازت ہے۔ کبھی وہ گھسڑتی گھسڑتی آرام کرسی پر آ بیٹھتی ہے۔ جو پلنگ کے برابر رکھی ہے۔ اس وقت وہ وہیں بیٹھی ہوئی ہے۔ ڈاکٹر سندر لال آیا اور اس نے اپنی غفلت اور بے پروائی کی معافی مانگی جو ابتدائی مہینوں میں اس کی طرف سے پاربتی کے ساتھ ہوئی اور جس کے

نتیجے میں وہ اب تک بیمار تھی۔

پاربتی۔ آپ نے یہ سب باتیں کیوں یاد رکھ چھوڑی ہیں۔ یہ ظاہر ہے کہ آپ کی طبیعت نہایت غیر حاضر واقع ہوئی ہے۔ پھر آپ ان دو تین مہینوں کی باتوں کو بھول کیوں نہیں جاتے۔ آپ چپ ہیں کہیے۔

سندر۔ میں نے اُس روز پہاڑ پر عہد کیا تھا کہ آپ کی خودداری اور عزت میں خلل نہ آنے پائے گا۔ یہ عہد میری زبان بند کرتا ہے۔

پاربتی۔ میں اس بات کو نہیں سمجھی آپ کا سلوک اس عہد کی پابندی کا زندہ ثبوت ہے۔ فرمائیے جو بات آپ کے دل میں ہے (تبسم) میں آپ کے دل کی کیفیت سمجھ گئی ہوں۔ اِس میں کسی بات کا گھٹا رہنا خطرے سے خالی نہیں (بندوق کی طرف اشارہ) یہی تو ایک بندوق دنیا میں باقی نہیں۔ میں پھر کہتی ہوں اِن سب باتوں کو بُھلا دیجیے۔

سندر۔ ایسا ہی ہوگا جو آپ کا حکم ہے۔ مگر یاد کو دل سے نکالنا میری طاقت سے باہر ہے۔

پاربتی۔ وہ کیا فرمائیے!

سندر۔ میں تم کو کبھی نہیں بھلا سکتا۔کیونکہ تم بھی مجھے نہیں بھلا سکتیں۔ اب میری زندگی کا سہارا اس کا جواب ہے۔

پاربتی۔ (تامل سے) دیکھیے صاحب! آپ جو زندگی کی رفاقت کی دعوت دیتے ہیں بہت مبارک ہے۔ میں صاف کہتی ہوں اور بغیر جھجک کے کہتی ہوں کہ دنیا میں وہ گھڑی نہایت سبھ گھڑی ہوتی ہے جب دو معصوم دل خلوص کے رشتے سے ایک دوسرے کے ساتھ وابستہ ہوں لیکن وہ دونوں معصوم تو ہوں۔ ہمارا ملنا بہت ہی انوکھی صورتوں میں ہوا ہے آپ کو ذرا بھی معلوم نہیں میں کون ہوں۔ کس خاندان اور نسل سے ہوں۔ اب تک کیا کرتی رہی!

سندر۔ ایک انمول ہیرا مجھے قسمت سے پہاڑوں میں پڑا مل گیا۔بس میں یہ جانتا ہوں۔ وہ کس کان کا ہے؟ کس نے اسے جلادی؟ اب سے پہلے وہ کس کس زیور میں جڑا گیا؟ ان کہانیوں سے مجھے غرض نہیں۔ ہاں یہ دوسری بات ہے اگر مجھے اس خوشی اور جنم بھر کے سُکھ کے

قابل نہ سمجھا جائے۔ اور اِس میں کوئی شکایت نہیں کہ ابتدا
سے میرا سلوک نہایت نفرت اور لعنت کے قابل رہا ہے۔
پاربتی۔ آپ تو ابھی ان باتوں کے بُھلا دینے
کا اقرار کر چکے تھے۔ مجھے ڈر ہے کہ اگر ہماری قسمتیں ایک
ہوگئیں تو کہیں آپ اُسی طرح مجھے نہ بھلا دیں۔ جس طرح
دشینیت نے بچاری شکنتلا کو بُھلا دیا تھا۔
سُندر۔ میرے اس سوال کا جواب؟
عین اس وقت رکھمن مُسکراتی داخل ہوئی
اور بھائی کے شانہ پر ہاتھ رکھ کر بولی۔
رکھمن۔ تو سدا کا کوڑ مغز رہا۔ خبر ہے ڈاکٹر
کیونکر بن گیا۔ دو چار ناول پڑھ ڈال۔ بھئی وہ اپنی زبان
سے اور کیا کہیں۔ تیری عقل تو بیماروں کی پٹی اور دواؤں
کی بوتلوں میں بند ہے — بھابی یہ تم کو نہیں بھلا سکتا۔ یہ
انگوٹھی (وہی جو پاربتی نے سرسوتی کو بیچنے کے لیے دی تھی)
پہن لو یہ ہمیشہ تم کو اُس کے دل میں رکھے گی۔
پاربتی۔ یہ انگوٹھی ان کی اُنگلی میں رہنی چاہیے۔
تاکہ ہر وقت ان کی یاد کو جگاتی رہے۔ دُنیا میں ڈرا سا

بہت ہیں (انگوٹھی ڈاکٹر کی انگلی میں ڈال دی)

رکھمن (بھائی سے) اب تجھے اِس سوال کا جواب مل گیا ؟ بی بی تم بھی سُنو ! صاف بات اچھی ہوتی ہے ۔ تم کو اِس کا بہت خیال ہے اور یہ خیال بے بھی جا ہے ۔ کہ تمھاری نسبت کچھ بھی معلوم نہیں ۔ کل کو کسی نے کچھ کہہ دیا ۔ کوئی گم نام خط آگیا تو اس کا دل بُرا ہوگا ۔ ہمارے دل میں شبہے اُٹھیں گے ۔ بھئی یہ سب اپنے نیک اور پاک دل کے وہم ہیں ۔ ہم بھی دنیا میں رہتے ہیں اور اِنسانوں سے ہی برتتے ہیں ۔ یہ ہمارا یقین برہما بھی نہیں مٹا سکتا کہ تم ہم سے ۔ مجھ سے اور میرے بھائی سے زیادہ شریف اور نیک ہو ۔ سنو ۔ سنو ۔ یہ اِس وجہ سے کہ تم وہ سونا ہو جو آگ میں ڈال کر کسوٹی پر کسا جا چکا ہے ۔ اب سمجھیں میرا مطلب ، ہاں ایک بات میں تمھیں آج ہی بتادوں (تبسم) یہ میرا بھائی کچھ عجیب ہی سا ہے ۔ تمھیں گویا ایک بالغ بچے کی دیکھ بھال رکھنی پڑے گی ۔ اس کے ساتھ یہ بھی کہنا ہے کہ اس کے سوا تمھیں اِس سے شکایت کا کبھی موقع نہیں ملے گا ۔

تینوں شخص مُسکرائے رکھمن پھر بولی ۔

رُکھمن۔ اب میں کل گھر جاتی ہوں۔ تم لوگوں کے کپڑے تیار کرانے ہیں۔ بچّوں کو لانا ہے۔ اُن سے بھی کہوں گی اگر کام نے اجازت دی۔ آج کے چھٹے دن اچھی ساعت ہے۔ میں نے پنڈت سے پوچھ لیا ہے۔ جب تک تھوڑی بہت کسر جوٹانگ میں ہے نکل جائے گی۔

۶

سُندرلال اور پاربتی کے بیاہ کو ایک ہفتہ ہوگیا۔ سُندرلال اب ریاسی کے ہسپتال میں ہی لگ گیا ہے۔ وہ دونوں خوش۔ نہایت خوش اور سُکھی ہیں۔ سُندرلال اپنے کمرے میں بیٹھا اخبار پڑھ رہا تھا کہ اس میں یہ اشتہار نظر پڑا۔

"میرے پہاڑ میں چھوڑے ہوئے گلاب۔
فوراً اپنا حال لکھو تم کہاں اور کس طرح ہو۔ جب تک تمھارا پتہ نہیں چلے گا میں اپنے باغ میں نہیں جاؤں گا۔"
ر۔ ل۔ معرفت منیجر اخبار

سُندرلال اس اشتہار پر جُھکا ہوا سوچ میں تھا کہ پاربتی اُدھر آ نکلی۔

پاربتی۔ آج اخبار میں کوئی نہایت دلچسپ مضمون ہے۔ میں بھی دیکھوں۔

سندر۔ لو۔ دیکھو۔

یہ کہہ کر اُس نے اُس اشتہار پر اُنگلی رکھی۔ اخبار کو پڑھ کر پاربتی کا سینہ اتھل پتھل ہوا۔ آنکھوں میں آنسو بھر آئے۔ خاوند نے اُسے اپنے گھٹنے پر بٹھا لیا۔ گردن میں ہاتھ ڈال کر اُس کے آنسو پونچھے۔ پاربتی نے بھی اپنی باہیں اُس کے گلے میں ڈال دیں۔

پاربتی۔ پیارے! اب ہمارے درمیان کوئی پردہ، کوئی راز نہیں رہنا چاہیے۔ سُنو۔ یہ اشتہار میرے بھائی کی طرف سے ہے۔ وہ مجھے بہت پیار کرتا تھا۔ میری سُسرال بچپن ہی میں اُجڑ گئی تھی۔ میکے میں بھاوج تھی جس کا سلوک میرے ساتھ۔ بس کیا بتاؤں اُس دن ہمیں وہاں ٹھہرے دوسرا دن تھا۔ کشمیر سے آرہے تھے، لاری کا دُھرا ٹوٹ گیا تھا۔ شوفر نیا لانے جموں چلا گیا اور ہم سب عورتیں جن میں ہمارے ساتھ کی پردہ دار بھی تھیں، پہاڑ پر چڑھ گئیں۔ بھائی نیچے ٹھہرا۔ ہم میں بحث ہوئی کہ کون زیادہ دُور تک

جاتا ہے۔ ہم سب پاس پاس کھنڈ گئیں۔ کئی گھنٹے ہم پہاڑ پر رہے۔ خبر آئی ہوگی کہ لاری بن گئی۔ سب چل پڑے۔ میں بھی اپنی جگہ سے اُٹھنے کو تھی کہ بھاوج نے دُور سے پکار کر اور جیسی کہ اُس کی عادت تھی تیوری پر بل ڈال کر کہا۔ "اب چلو گی بھی یا یہیں بیٹھی رہو گی۔ نہیں آتیں تو پاربتی بنی یہیں بیٹھی رہنا۔ تمھیں قسم ہے اپنے پیاروں کی۔" میرا نام بھی پاربتی ہے۔ یہ کہہ کر وہ چل دی۔ میرا کلیجہ اُس سے پھنکا ہوا تو پہلے ہی تھا۔ میں نے ہاتھ کا اشارہ کیا وہ چلی گئی۔ میرا ارادہ وہیں بیٹھے رہنے کا نہ تھا۔ مگر دل میں ایسے ایسے خیال اُٹھے کہ وقت اور مقام کا احساس نہ رہا۔

سُندر۔ خیر وہ تو ہو چکا۔ اب اس کا کیا کریں؟

پاربتی۔ کرو جو تمھارے جی میں آئے۔

لاری سے جموں تک۔ جموں کے اسٹیشن سے وزیر آباد تک، وہاں سے گجرات تک اور گجرات کے اسٹیشن سے گھر تک جس بھائی نے یہ خبر نہ لی کہ بہن جیتی ہے یا مر گئی اور پھر اتنے مہینے گھر کی نیند سوتا رہا۔ اُس بھائی کو پھر پھانس کی طرح دل میں

گھسائے رکھوں۔ یہ مجھ سے نہیں ہو سکتا۔

مگر شندر نے اگلے ہی دن یہ جواب مسٹر ر۔ل کو لکھ دیا۔ "میں جانتا ہوں آپ کی بہن کہاں رہتی ہے۔ آپ اُس کا حُلیہ گم گشتگی کے وقت کی پوشاک اور اپنا نام اور پتہ لکھیں تاکہ کوئی شبہ نہ رہے۔ اور میں مفصل نشان دہی کر سکوں"۔ آخر میں صرف اپنا نام اور ہسپتال کا پتہ لکھ دیا۔ لوٹتی ڈاک سے مفصل جواب آیا معہ ایک ہزار کے انعام کے دعوے کے ر۔ل کا مطلب کھلا۔ رام لال۔ اُس کا جواب جو دیا گیا اُس کا خلاصہ یہ ہے۔

.... شریمتی پاربتی اس وقت میرے دل کا چین۔ میری بیاہتا بیوی ہے۔ وہ مجھے کن صورتوں میں ملی یہ طویل روداد ہے۔ اس کو رنج ہے اور واجبی رنج ہے کہ آپ لوگ اسے اس طرح چھوڑ کر چلے گئے اور اب تک کسی نے خبر نہ لی۔ لیکن اُمید ہے کہ جب آپ ملیں گے تو یہ رنج اور غصّہ دُور ہو جائے گا۔ کیا عنقریب آپ کی تشریف لانے کی توقع کی جا سکتی ہے۔

رام لال آیا۔ بہن پہلے بہت بھڑکی۔ جھنجلائی۔ مگر جب یہ سُنا کہ " لاری پر جب سب چڑھ گئے اور میں نے پردے کے پاس آکر پوچھا سب آگئے۔ تو بیوی نے جواب دیا آگئے۔ سارے رستے اترائی تھی۔ مارا مار جموں توی کے اسٹیشن پر پہنچے۔ ریل کے چھوٹنے میں صرف چند منٹ تھے میں قلیوں سے یہ کہہ کر کہ سب اسباب اور سواریوں کو زنانے درجے میں لے جاؤ۔ آپ ٹکٹ خریدنے گیا۔ ٹکٹ لے کر جب میں پلیٹ فارم پر آیا تو ریل چلنے لگی تھی۔ میں اتنا تھکا ہوا تھا کہ سویا تو وزیر آباد میں جاگا اسٹیشن پر اترتے ہی معلوم ہوا کہ میرے نام کا تار آیا ہوا ہے۔ وہ تار میرے دفتر کا تھا سنیا گراہ کی وجہ سے کام کا زور۔ رخصت منسوخ۔ فوراً حاضر ہو۔ میں سوچ رہا تھا کیا کروں کہ لاہور کی طرف جانے والی ریل آگئی۔ اس میں نہ جاؤں تو وقت پر شملہ نہیں پہنچ سکتا۔ بھیڑ میں بیوی نظر آئی اُس سے دو باتیں کیں اور اپنی چیز جو ہاتھ آئی لے کر ریل میں چڑھ بیٹھا۔ جب تیرے خط کو دو مہینے ہوگئے تو میں نے تیری بھاوج کو لکھا کہ بہن کا جواب کیوں نہیں آتا کیسی ہے۔ اُس بھلی مانس نے یہ لکھا کہ جب گجرات کے اسٹیشن پر اُترے تو تو نہیں ملی۔ تلاش کیا سب

اسٹیشنوں کو تار دیے۔ پولیس میں اطلاع کی چاروں طرف آدمی دوڑائے وغیرہ وغیرہ۔ آخر میں گنجاہ گیا۔ بیوی نے وہی کہانی دُھرائی جو اس چٹھی میں لکھی تھی۔ مگر کاکا کی زبان سے یہ نکل گیا کہ تو لاری میں تھی ہی نہیں جب وہ جموں کو روانہ ہوئی تھی۔ میرا ماتھا ٹھنکا۔ اس عورت کی کرتوت جانتا ہی تھا۔ اسی وقت گھر سے نکل پڑا اور کہہ دیا کہ اب تیری صورت نہیں دیکھوں گا۔ جب سے مجھے خبر نہیں اُن لوگوں کا کیا حال ہے خط جو آئے بے پڑھے بند کے بند رکھ چھوڑے۔ خرچ مہینے کے مہینے بھیجتا رہتا ہوں۔ سب سے پہلے میں اِدھر آیا اور اُسی پہاڑ پر پہنچا۔ مگر کچھ پتا نہ چلا۔ یہاں کی پولیس کو لکھا۔ بے سود۔ وہ کہتے ہیں مرتا کیا نہ کرتا۔ ایک بہت بڑا جوشی مدراس سے شملہ آیا تھا۔ بھائی صاحب آپ ہنستے ہیں سُنیئے تو۔ مجھے تو آگے کو کان ہوئے۔ یہ لوگ بھی عجیب اُلّو ہوتے ہیں یا کہیے بھلے آدمیوں کو خوب اُلّو بناتے ہیں۔ کہنے لگا بڑا اکشٹ اُٹھایا۔ کسی نے دور سے آگ پھینک کر ماری۔ مرتے مرتے بچی۔ اب بڑے سُکھ میں ہے۔

سندر۔ اس میں اُلّو۔ گدھے کی کوئی نہیں۔

یہ سب سچ کہا گیا۔

پاربتی۔ اب یہ کہانی الگ جا کر سُنائے گا۔

رام۔ آخر میں نے ہار کر وہ نوٹس اخباروں میں دیا۔ بہن اگر تو مجھے معاف نہیں کرے گی تو میں تیری قسم کھا کے کہتا ہوں اسی پہاڑ پر جاکر بیٹھ رہوں گا جہاں وہ (نہایت غصے کے تیور سے) بُری عورت تجھے چھوڑ آئی تھی۔

پاربتی۔ میں تجھے معاف کروں اگر تو ایک قول دے۔

رام۔ منظور۔ جو تو کہے گی مانوں گا۔

پاربتی۔ بھاوج سے اب کچھ نہ کہیو۔ نہ اُس کی طرف سے دل میں رنج رکھیو۔

رام اور سُندر۔ (ایک زبان سے) اوہ! دیوی۔ تو سچی پاربتی دیوی ہے۔

ٹریجڈی میں کامیڈی

چنی لال تمثیلی نوجوان تھا۔ تحصیل علم میں اُس کی تندہی اور ذکاوت اس سے ظاہر ہے کہ وہ ہمیشہ اُونچی جگہ لے کر پاس ہوتا رہا۔ اب آنرز کے ساتھ بی۔ اے پاس کرنے کے بعد قرار پایا کہ اُسے بیرسٹری کے لیے بھیجا جائے وہ کتاب کا کیڑا ہی نہ تھا بلکہ جمناسٹک اور کھیلوں کا مردِ میدان بھی تھا۔ طبیعت کا نہایت سادہ اور مزاج کا بہت سیدھا تھا۔

روانگی سے پہلے اس کے کئی دوستوں کے رشتہ داروں اور باپ کے دوستوں کے نام تعارفی خط لندن بھیج دیے گئے تھے۔ کچھ اُس کے ساتھ تھے ...... اسے لندن

پہنچے ہوئے دو دن ہوئے تھے اور وہ دو دن قانونی تعلیم گاہوں کے چکر، داخلہ اور لندن کا جو حصّہ اُس کی نظر کے سامنے سے گزرتا اُس سے ہیبت اندوز ہونے میں صرف ہوئے تھے۔ آج لندن میں اُسے تیسری شام تھی اور وہ گھر کو واپس آرہا تھا کہ راستہ میں یہ واقعہ پیش آیا۔

جتّی پیدل پٹڑی پر خراماں آرہا تھا اور اِدھر اُدھر غور سے دیکھ رہا تھا کہ اُس نے اپنے بائیں طرف نظر ڈالی تو کھڑکی کے قدِ آدم شیشوں میں سے اُس نے دیکھا کہ ایک مرد ایک جوان عورت کو نیچے گراکر اُس کے سینے پر خنجر تانے ہوئے ہے اُس کے تیور سے نمایاں تھا کہ وہ اُس لڑکی کو قتل کیا چاہتا ہے، جتّی مکان کے دروازے کی طرف فوراً جھپٹا۔ ڈیوڑھی کے دروازے پر ہاتھ ڈالا وہ مقفل نہ تھا۔ فوراً اُس کمرے میں آیا اور اُس مرد سے گتھم گتھا ہوگیا۔

....

صبح کے اخباروں میں یہ لہراتی سرخیاں نکلیں۔

"ایک ہندوستانی طالب علم کی بیجا بہادری"، "قوت عمل جو ایک بہادر ہندوستانی کو غالباً مہنگی ثابت ہوگی"، "قانونی طالب علم قانون کے پنجے میں"، "ایمیچیو ایکٹروں پر حملہ"، "ہندوستان گورے لہو کا پیاسا نہیں۔ ایک مسکت ثبوت"، ...... عدالت کا کمرا لندن کے ہندوستانیوں۔ اینگلو انڈین کھوسٹوں۔ سٹیج کے 'ستاروں'، اور پریس کے نمایندوں سے کھچا کھچ بھرا تھا...... استغاثہ کی کہانی یہ تھی کہ مسٹر رابنسن اپنی بہن مس روزا رابنسن کے ساتھ وہ پارٹ کر رہے تھے جو ویسٹ اِنڈ ایمیچیور ڈرمیٹک کلب نے اپنے نئے ہونے والے ناٹک میں اُن کے نامزد کیا تھا کہ ملزم یکایک اندر گھس آیا اُس نے مس رابنسن کو گھسیٹا جس سے اُس کو بہت تکلیف ہوئی اور پھر وہ مسٹر رابنسن پر حملہ آور ہوا...... شہادت میں مس رابنسن اور گشت کی پولیس کا وہ کانسٹبل پیش ہوا جو اس ہنگامے کو باہر سے دیکھ کر عین اس وقت اندر آیا تھا جس وقت مستغیث اور ملزم جنگ میں مصروف تھے اور مس رابنسن ایک خنجر ہاتھ میں لیے ملزم کی پیٹھ پر چرکے دے رہی تھی۔ جس کی مرہم پٹی پولیس کے ڈاکٹر نے کی جب کہ

ملزم حراست میں لے لیا گیا۔ ملزم کے بیان کا خلاصہ یہ ہے :-

”میں اپنی قیام گاہ کو جا رہا تھا کہ میں نے ایک مکان کے شیشوں میں سے دیکھا کہ مستغیث نے اس لیڈی کو جو بطور گواہ کے پیش ہو چکی ہے دبا رکھا ہے اور اس کے سینے میں کٹار بھونک دینے کو ہے اس لیڈی کی حفاظت اور جان بچانا اپنا فرض سمجھا اور میں ایک فوری جذبے سے مغلوب ہو کر مکان کے اندر چلا گیا ڈیوڑھی اور اندر کمرے کے دروازے صرف بھڑے ہوئے تھے یعنی نہ مقفل تھے نہ بلیاں چڑھی تھیں ۔ میں نے اندر جاتے ہی لیڈی کو مستغیث کے پنجے سے چھڑایا اور اس کے ہاتھ سے خنجر چھین کر ایک طرف کو پھینک دیا۔ میں نہیں کہہ سکتا کہ مستغیث اور میں کتنی دیر تک لڑتے رہے ۔ اتنے میں ایک پولیس کانسٹبل آیا۔“

عدالت ۔ جب تم نے اس لیڈی کو آزاد کر دیا تھا اور تم مستغیث سے گتھم گتھا تھے تو کیا اور کسی نے تم پر پیچھے سے حملہ کیا۔ (حاضرین کی آنکھیں ملزم کے ہونٹوں پر چپک گئیں) ۔

جواب ۔ اس کی مجھے مطلق خبر نہیں ۔ اس وقت میرا تمام ذہن اور میری ساری طاقت اس لیڈی کی حفاظت میں منہمک تھی اور جناب میری آنکھیں میرے ماتھے میں ہیں ۔ گدی میں نہیں ۔ (عام قہقہہ)

عدالت ۔ لیکن یہاں پولیس کے ڈاکٹر کا سارٹیفکٹ ہے جو بتاتا ہے کہ تمھاری پیٹھ پر چھرے کے زخم ہیں ۔

جواب ۔ ممکن ہے کہ یہ زخم اسی چھرے کے ہوں جو میں نے مستغیث کے ہاتھ سے چھینا تھا ۔ ہم ایک جگہ تو ٹکے نہیں ۔ کمرے بھر میں اِدھر اُدھر زیر و زبر ہو رہے تھے ۔ عجب نہیں کہ میری پیٹھ کئی بار اُس چھرے سے لگی ہو اور اس نے اس گستاخی کی سزا مجھے دی ہو (معرفانہ قہقہہ)

مستغیث کے وکیل نے باوجود اُس کے اشارے کے اپنے لیکھے زبردست بحث کی اور زور دیا کہ مداخلتِ بیجا اور حملہ کے جرم میں ملزم کو سزا دی جائے ۔ "یہ کالے لڑکے ہمارے ملک میں تعلیم پانے نہیں آتے بلکہ گویا اپنے مفتوحہ ملک کی سیر کو آتے ہیں ۔ کرزن وائیلی ——

عدالت ۔ آرڈر۔ آرڈر۔ مثل کے باہر جانا
قانون دانی اور فصاحت نہیں کسی اور بات کا ثبوت ہے۔
ملزم لال! تمھاری بہادری انسانی ہمدردی کے ذکی احساس
اور ارادے کی معصومیت کا اعتراف کرتے ہوئے یہ کہنا پڑتا
ہے کہ یہ تمام دقت ایک غلط فہمی سے پیدا ہوئی جس کا شکار
ہونا تمھارے لیے ناگزیر تھا۔ لہٰذا میں تم کو مداخلت بیجا
اور حملے کے جرم سے بری کرنے کو تیار ہوں اگر مستغیث
اس معاملے کو رفت وگزشت قرار دے۔ یہ اس وجہ سے کہ
اس کو اور اس کی بہن کو جو پریشانی اس غیر معمولی واقعے سے
ہوئی ہے وہ کئی دن تک اُن کے ریہرسل میں ہارج ہوگی۔
عین اس وقت امیچیور ڈرمیٹک کلب کے
منیجر نے مستغیث کے کان میں کچھ کہا اور وہ مسکرایا۔مستغیث
کا وکیل کھڑے ہونے کو تھا کہ مستغیث نے اُسے بٹھا دیا۔
مستغیث ۔میں سمجھتا ہوں کہ عدالت چاہتی
ہے میں آخری گزارش کروں۔ عدالت کی کارروائی کے
دوران میں مجھ پر اور میری بہن پر ظاہر ہوا اور یقین ہوگیا
کہ کسی قسم کا جذبہ اور کیا ارادہ ملزم۔ ہمارے دوست کے

اس فعل کا محرک ہوا جو بنائے استغاثہ ہے۔ بیشک ہماری ناٹکی کنسرٹ میں ہرج ہوا ہے لیکن ہم اِسے بھول جانے اور مسٹر لال سے ہاتھ ملانے کو تیار ہیں اگر وہ میری ایک درخواست منظور کرے ۔

عدالت۔ کیا؟

مستغیث (تبسم سے) وہ میں بعد میں مسٹر لال کو بتاؤں گا جسے امید ہے مسٹر لال منظور کریگا کیونکہ اس کا اخلاقی معیار بہت اُونچا معلوم ہوتا ہے۔

عدالت۔ ملزم بے قصور ثابت ہو کر عزّت کے ساتھ بری کیا جاتا ہے۔

یہ لفظ میجسٹریٹ کی زبان سے پورے نہ نِکلے تھے کہ اینگلو انڈین حضرات جن کے خون میں ابھی تک ہندوستان کا نمک سرگرداں تھا چین بجبیں ہو کر اُٹھ کھڑے ہوئے اور مٹھیاں بھینچ کر انگوٹھے واسکٹ کی جیبوں میں ٹھونسے ہوئے عدالت کے کمرے سے باہر نِکل گئے۔

لندن۔ بھوری یا سفید روٹی۔ آلو یا مٹن چاپ۔
یا ہندو مسلم کے ممنوع ماکول پر نہیں جتنا اُس کی غذائے روح
یا غذائے ذہن سنسنی ہے۔ رابنسن بھائی بہن اور چنی لال
عدالت کے کمرے میں داخل ہونے سے پیشتر ہی کئی دفعہ
'شوٹ' ہو چکے تھے۔ اور اب کہ چنی لال ایک ہاتھ میں
مسٹر رابنسن اور ایک میں مس رابنسن کا ہاتھ لے کر عدالت
کے کمرے سے نکلا تو ہر طرف سے کوڈک کیمروں کا ہدف
ہوگیا۔ اُسی شام اور اگلی صبح کے اخباروں میں عجیب و
غریب عنوانوں کے تحت ان سے زیادہ عجیب و غریب
مضمون نکلے۔ "وہ جنگ بھلی جو معزز صلح پر ختم ہو۔"
"مشرق، مغرب کی کماری کی حفاظت میں ماخوذ" "ایک
فوجداری مقدمہ کا ڈرامیٹک خاتمہ" "ٹریجڈی کی
کامیڈی" "ہندوستانی نے قرون وسطیٰ کی جوانمردی
کے فسانے تازہ کر دیے" وغیرہ وغیرہ۔ مقالوں میں
چنی لال کو کسی نے "مہاتما گاندھی کا خاص چیلا" کسی
نے "مسٹر جناح اور مسٹر محمد علی کا قریبی رشتہ دار" اور
کسی نے "انڈین کانگرس کے پریسیڈنٹ کا چھوٹا بھائی"

لکھا......

جب وہ تینوں عدالت کے کمرے کے باہر کی بھیڑ سے جوں توں پیچھا چھڑا کر ایک ناشتہ خانہ میں پہنچے تو سابق ملزم کو اُس اخلاقی شرط کا حال کھلا جس کا حوالہ عدالت میں دیا گیا تھا۔

رابنسن۔ شرط ورط کچھ نہیں تھی سنیے۔ اب تو ہم دوست ہیں نا۔

لال۔ بیشک۔

رابنسن۔ بات یہ ہے کہ ہمارا کلب ایک ایشیائی ناٹک کی نمائش کی تیاری کر رہا ہے۔ ہماری فہرست میں بادشاہ کی جگہ خالی ہے۔ اسے آپ زینت بخشیے۔ یہ ہے درخواست۔

لال۔ میں نے تو اپنے کالج کے ناٹکوں میں بھی کبھی حصّہ نہیں لیا۔ مجھے خوف ہے کہ میری شرکت سے آپ کا کھیل بگڑ جائیگا۔

رابنسن۔ یہ خوف ضرور غلط ثابت ہوگا۔ آپ کا بہت تھوڑا کام ہوگا اور وہ بھی روزا کے ساتھ۔

ضروری ہدایتیں وہ آپ کو دیگی۔

روزا۔ (تبسم) آپ اُس شام کو ایسا نفیس ایکٹ کرچکے ہیں کہ میں سمجھتی ہوں آپ کو زیادہ زحمت نہیں اُٹھانی ہوگی۔

لال۔ سوچ لیجئے۔ شاگردی سے استادی زیادہ زحمت کا کام ہے۔

روزا۔ یہ درخواست ہماری آپ کو ماننی ہوگی۔

لال۔ اس میں عذر نہیں۔ میں بہ سروچشم حاضر ہوں۔ خوف یہی تھا اور ہے کہ میری وجہ سے آپ کے کلب کی بدنامی نہ ہو۔

....

روزا۔ مسٹر لال اب کچھ سکھانے کی ضرورت نہیں۔ آج کا ریہرسل نہایت اطمینان بخش ہوا۔ منیجر نے تم کو پاس کردیا۔

لال۔ میں خوش ہونگا اگر تماشے کی رات کو ہوس بھی پاس کردے لیکن روزا۔ معاف کیجیے گا۔

مس رابنسن یہ کھیل کب تک چلیگا۔

روزا۔(مسکراکر) اس سے مطلب ؟

لال۔—— کچھ نہیں۔ میرا خیال اور کسی طرف تھا۔

روزا۔ (بناوٹی سنجیدگی سے) تم جانتے ہو یہ کونسا کمرہ ہے۔ اُس شام تو میری چھری تمہارے جسم سے فقط چھوئی تھی۔ (ہنسی نکل جاتی ہے) آج میرے پاس پستول ہے۔ جو ابھی ریہرسل میں تھا۔ کہو۔ کہونا۔ کیا کہنے کو تھے۔

لال۔ اگر میں وہ سب کچھ کہوں جو میرے دل میں ہے تو تم کو رنج ہوگا۔ غصّہ آئیگا۔ اور میں تمہاری صورت دیکھنے کو بھی ترسوں گا۔

روزا۔ اوہ۔ میرے پیارے دوست۔ ایسا نہیں ہوگا۔

لال۔ ایک کہانی اس وقت میرے ذہن پہ چھائی ہوئی ہے۔ اُسے غور سے سُن لیجیے۔........

روزا۔ یہ کوئی سوال نہیں کہ وہ اب کیا

کرے۔ وہ اُس سے اپنے دل کی حالت ظاہر کرے جسے وہ پیار کرتا ہے۔

....

لال۔ اوہ پیاری روزا۔ تو کتنی اچھی ہے۔ مگر میں اس محبت بھرے دل کے سوا اور کچھ پیش نہیں کرسکتا۔ ہمیں ——

روزا۔ پیارے چنّی۔ میں جانتی ہوں جو تم کہنے کو ہو۔ میں سمجھتی تھی کہ ایشیا کے مرد ہمارے مردوں کی طرح خواہ مخواہ مغرور نہیں ہوا کرتے۔ مگر دنیا سب جگہ ایک ہی سی ہے جہاں ہم پہنچ گئے ہیں وہاں میرا تیرا باقی نہیں رہنا چاہیے (مسکراکر) مگر مرد آخر مرد ہی ہے۔ وہ اسے غیور مزاجی سمجھے بیٹھا ہے۔ روپیہ کی فکر نہیں۔ یہ پنچ کے حلقے کی حقیقت ہوگی کہ شادی بوسوں سے شروع ہوکر مکھن روٹی پر ختم ہوتی ہے —— تم یہی کہنے کو تھے نا کہ ہمیں کچھ مدّت انتظار کرنا ہوگا۔ اس کا مضایقہ نہیں۔ اگر تمھاری یہی ضد ہے۔